爸爸家教革命丛书

[韩] 权五珍著

# 爸爸的游戏革命——玩出聪明孩子

于海丹 译

金钟 赵善姬 审

广西科学技术出版社

著作权合同登记号：桂图登字：20-2009-067

Father's Play Revolution for the child's future

Text Copyright © 2005 by KWON O-jin (权五珍)

Illustration Copyright ©2005 by HWANG Joong-hwan (黄仲焕)

ALL rights reserved

Chinese (Simplified) Translation copyright © Guangxi Science & Technology Publishing House, 2009

Published by arrangement with Woongjin Think Big Co., Ltd through Eric Yang Agency, Korea

**图书在版编目（CIP）数据**

爸爸的游戏革命：玩出聪明孩子/（韩）权五珍著；于海丹译.-南宁：广西科学技术出版社，2009.12

ISBN 978-7-80763-421-8

Ⅰ.爸… Ⅱ.①权… ②于… Ⅲ.家庭教育 Ⅳ.G78

中国版本图书馆CIP数据核字（2009）第 207203号

BABA DE YOUXI GEMING——WANCHU CONGMING HAIZI

爸爸的游戏革命——玩出聪明孩子

| | | | |
|---|---|---|---|
| 作　　者：[韩]权五珍 | 装帧设计：潘爱清 |
| 译　　者：于海丹 | 责任校对：曾高兴　田　芳 |
| 责任编辑：梁式明　谢源虹 | 责任审读：张桂宜 |
| 责任印制：韦文印 | |

| | |
|---|---|
| 出 版 人：何　醒 | 出版发行：广西科学技术出版社 |
| 社　　址：广西南宁市东葛路66号 | 邮政编码：530022 |
| 电　　话：010-85800696（北京） | 0771-5845660（南宁） |
| 传　　真：010-85894367（北京） | 0771-5878485（南宁） |
| 网　　址：http://www.gxkjs.com | 在线阅读：http://www.gxkjs.com |
| 经　　销：全国各地新华书店 | |
| 印　　刷：中国农业出版社印刷厂 | |
| 地　　址：北京市通州区北苑南路16号 | 邮政编码：101149 |
| 开　　本：880mm×1240mm　　1/32 | |
| 字　　数：60千字　　印张：6 | |
| 版　　次：2009年12月第1版 | |
| 印　　次：2009年12月第1次印刷 | |
| 书　　号：ISBN 978-7-80763-421-8/G•119 | |
| 定　　价：24.80元 | |

**版权所有　侵权必究**

　　质量服务承诺：如发现缺页、错页、倒装等印装质量问题，可直接向本社调换。

　　服务电话：010-85893722　85800696　　团购电话：010-85808860-801/802

# 目录

## 你是哪种类型的爸爸呢？ · 17

## 通过一分钟游戏了解孩子的心灵 · 35

### 第一章 一分钟快乐手工游戏 · 36

### 实践爱子女、爱家庭的十诫命·163

# 期望孩子成才的爸爸们首先要学会和孩子玩耍

好爸爸就是与孩子有共同语言的爸爸。换言之，好爸爸就是和孩子之间有良好交流和沟通的爸爸。爸爸可以用电话与孩子沟通，也可以用本书介绍的短短一分钟时间与孩子做个游戏。既可以在家中，也可以在户外做这些游戏。万事开头难，建立良好的沟通也是这样，一旦有了开始，任何人在任何地方都可以信手拈来。

那么，怎么才能与孩子有共同语言呢？

一个最好的方法就是和孩子做朋友。

只要陪孩子尽情玩一玩，就能成为孩子的朋友，没有任何方法比玩更容易亲近孩子的了。因为玩游戏很有趣，而且如果是爸爸发动的，那么一旦有了开始，以后孩子就很喜欢主动找爸爸玩。在游戏过程中，爸爸可以洞察孩子的内心，知道孩子的喜好，也可以了解孩子的素质和梦想。这个过程又是对孩子进行人性教育的过程。

有些父亲感觉与孩子做游戏是个负担，这也是事实，但是要铭记的是，能陪孩子玩的时间最多也就几年。强自己所难与孩子玩的确不太容易，对父亲来说，选择一些轻松简单的游戏比较合适。孩子是单纯的，哪怕陪孩子玩一分钟，你也可以成为他们的好爸爸。

现实情况是，爸爸是孩子现成的老师，你们已经具有很多快乐地与孩子游戏的经验及相关的能力和素质。请你回想一下自己的童年时光，那时候，日子虽然过得比现在清贫，但却比现在的孩子快乐得多。因为那时周围所有的地方都是玩耍的游乐场，上学要经过农田，这就成了学习大自然的基础。放学回到家里，不用谁来叫，就三三两两地聚在胡同里玩耍。男孩子们玩甩洋画、打玻璃珠游戏，女孩子们玩抓石子游戏或跳皮筋。春天到山上挖野菜，夏天到河里游泳，秋天去山里打栗子、捉蚂蚱，恐怕你至今也难忘那烤豆子的香味儿。秋收结束后，孩子们在农田里捉迷藏，玩谁也不要动的游戏。即便在田地里滚啊爬呀的也没有关系，摔了跟头，顶多哭几声，几乎没有谁磕着伤着的，因为脚下都是松软的农田。冬天，孩子们几乎都不呆在家里，或跑着放自己亲手做的风筝，或在雪地里滑雪橇。很多孩子即使手背裂得跟乌

龟壳似的，也对冬天的寒冷无所畏惧。

　　如此，爸爸们已经是富有经验的现成的老师。而且，在心理上，也做好了忙里偷闲设法陪孩子们玩的准备。现在，爸爸的难处在于寻找适合在新环境中玩的游戏，以及下功夫创新游戏。

　　或许，马上成为好爸爸几乎不太可能，因为爸爸们太疲于奔命了。但是爸爸还是应该抽出时间进入孩子的内心世界，努力做孩子的朋友，这样才能打开与孩子相互交流的通道。而营造交流的氛围便是爸爸的任务。最绝妙的方法就是和孩子玩个小游戏。千万不要心存负担，认为要腾出很多的时间陪孩子玩，其实只需短短的1~5分钟就可以。等孩子们心情好了，自然就会把自己的心里话倒出来。那么，此时你就像处理公司事务一样一一询问，你会发现很容易就进入了孩子的内心世界。而且，如果工作太忙，爸爸要坦诚地说出来，请求孩子的谅解，孩子也会理解并期待下次和爸爸做游戏的机会。如果尝到了和爸爸玩游戏的乐趣，孩子的快乐指数便会直线上升，家中也会充满欢歌笑语。刚开始的时候，彼此多少会有些生涩不自然，待习惯了之后，爸爸和孩子就会从内心期待这段时间，这是只有一家人才能感受到的深情之爱。

孩子转眼就长大了，爸爸千万不要以忙为借口与孩子的交流此一时彼一时，岂不知光阴似箭，孩子很快就到了青春期。到那时，孩子再也不会来找父母了，而是用朋友和电脑来代替父母的位置。只有在需要钱的时候才来找父母。好爸爸是营造家庭和睦气氛的引擎，爸爸若与孩子玩得好，自然就减轻了妈妈的担子，家中也会笑声不断。让我们从简单的小游戏开始做起吧，开始就是成功了一半。

# 怎样才算是好爸爸呢？

虽然我也知道爸爸爱我……

等我长大了，一定要像电视剧里的外国人那样，当一个和蔼可亲的好爸爸。

晚安 我的甜心～

我一定要做一个亲切的好爸爸，给孩子留下很多美好的回忆。

21世纪初的爸爸

下班回到家累得够呛，还有心思和孩子们玩吗？

可是……

虽然很累，今天也要补偿补偿孩子，和孩子玩个够。

哈哈哈，做到这份儿上，我一定是个百分百称职的爸爸！

孩子们，和爸爸一起去动物园怎么样？

你说什么？

啊啊，对啊，哎哟……

爸爸健忘……

我刚做爸爸的时候，就下定决心要给孩子留下很多美好的回忆，跟孩子有很多的沟通和交流。

平时想多和孩子玩玩，但没有时间，

现在最多也不过是偶尔陪孩子玩玩而已。

又不能辞职专门在家陪孩子玩。

就算有几次早点下班回家，也是疲惫不堪，有没有什么好办法呢？

啊啊……憋死了！

如果你有当好爸爸的秘诀，能不能告诉大家？

把养育孩子的责任都推给妈妈一个人，不能不说是人性教育中的极大缺憾。最近流行的一句话说，小学三、四年级的孩子就开始进入青春期了。等到孩子进入青春期，爸爸再想参与孩子的教养，已为时过晚了。请扪心自问，我是一个什么样的父亲呢？我是否在孩子面前很好地扮演父亲这个角色了呢？知己知彼，方能百战不殆。了解你自己到底是一个怎样的父亲，有助于成为一个好爸爸。

你是
哪种类型的
**爸爸呢?**

# 1.聪明度不亚于诸葛孔明的
## "七擒七纵型爸爸"

哈——哈——哈——

根据《三国志》记载：

诸葛孔明捉了孟获7次，又放了他7次。

快跑！
我逃出来了！

你为什么总是故意放走他呢？

呵呵呵呵……

虽然孔明捉了孟获，也可以杀了他，但这会造成民心相悖，为统一天下大业留下隐患。

我们的目标……
天下·统一

走着瞧，他最终会成为我们的人。

最终孟获自愿效忠孔明。

请起，请起！

　　读懂孩子的心，激发孩子的内在动机，让孩子看似自由却尽心竭力地做事，这就是七擒七纵型的爸爸。

顺着妻子的意思，或拗不过妻子而不得不为之的妇唱夫随型爸爸，恐怕是爸爸们都不陌生的一种形象。

## 3. 在教育经费上总是显得捉襟见肘的 "打肿脸充胖子型爸爸"

**你们家的孩子去上几个学习班？**

最近因为孩子的教育经费问题，很多父母深感矛盾，心情复杂，其中一个就是拿孩子去学习班的数目相互攀比。

一部分暴发户妈妈 暴发户爸爸

那当然，说什么也要把孩子送去学习学习。

数字游戏？看来是个新科目！

这两家是邻居，孩子也是同一年级的，去同样的学习班。

我们家孩子学习钢琴、英语、写作文和跆拳道！

我们家孩子学习钢琴、英语、写作文和剑术。

邻居家的孩子多上了一个学习班，恐怕自己孩子的学习成绩会落后，一种相当不安的感觉涌上心头……

我们又把孩子送到写作文的学习班了。

真的？

于是自己家孩子的学习班又增加到五个，否则心理就不平衡。

又上？

哎哟~

让我们想想：失去了理想、像钟摆一样穿梭于学习班的孩子，到底为了什么活着？

# 4.自然地牵动孩子心灵的 "星星之火型爸爸"

跟着我……

小奇的爸爸与孩子一起参加很多活动。

忙……忙碌~

观看星座

现在也了解了很多家庭的内部情况。

三个勺子，还差……

他相信旅游会培养孩子的浩然之气。

要想变得强壮，就要多去旅行。

呵，也许是吧？

前不久又听说很多人把家里的电视处理掉了。

把电视扔掉！

老公，那就看不了电视剧了吗？

你做完作业了吗？

没有，还没呢，嘻嘻嘻！

哎哟哟，我就说嘛。

所以，爸爸和妈妈经过深思熟虑，把电视搬走了。

于是家里发生了变化，首先，妈妈开始拿书来读。

孩子们也自然地坐在妈妈身边读书。

也养成了写作业不拖拉的习惯。

吃饭了……

我先写完作业……

因此，爸爸妈妈的唠叨自然也减少了，整个家庭气氛的改变，是从细小的变化开始的。

巴西的蝴蝶扇动翅膀，美国的得克萨斯就会有台风登陆。正如这蝴蝶效应，一个小的改变，就是对孩子的关心和爱。

　　关心孩子应当从小事情做起，这种小的改变就是对孩子的爱和关心。

**爸爸的类型**

## 5. 认为不用管孩子，孩子就会自己长大的"袖手旁观型爸爸"

不用管他！

古代贤者

小孩和小狗要放养，才能长得好。

这么说我是小狗？

我说的是这个道理！

嗨，朋友……

这种爸爸是不跟孩子唠叨，让孩子自由成长的类型。

孩子会自己看着办的……

原本应该对自由和放纵有严格的界限，可这位爸爸却对孩子是否认真学习，是否有朋友一概漠不关心。

啊哈，我想干什么就干什么！

每个人都有自己的命，每个人都是含着自己的饭勺来到世界上的。

放纵就是我的教育哲学……

当然爸爸的人生和孩子的人生是截然不同的，爸爸不能替孩子过他的人生。

即使完全复制遗传基因，人生也会是不一样的。

←DNA专家"韩克隆"博士

但是，孩子有跳跃的转折点，而爸爸的职责就是帮助孩子培养这种能力。

就像为树木剪枝条一样。

之所以妈妈唠叨，爸爸责骂的原因~

$7 \times 7 = 32$
$7 \times 8 = 22 \cdots$

现在就是让他打好人生的基础。

看，小的时候，让你背你不背！

$7 \times 7 = 32?$
$7 \times 8 = 23?$

←高中生

中国有句俗话叫做："棍棒底下出孝子。"

不打不成器

给孩子自由，同时又要对他严格要求，这是爸爸的双刃剑。

因为孩子犹如一张白纸，有待完成……

　　孩子尚未熟悉社会的准则，也不知道自己作为家庭一员的权利和义务，爸爸的职责就是帮助孩子明白这些。

# 6. 开始火热结束马虎的
## "虎头蛇尾型爸爸"

我是龙头！

在抚养孩子的过程中，最让父母惊讶的是，孩子们会牢牢记住约定过的事情。

> 2008年8月12日7点30分37秒的时候，爸爸不是这么说的吗？

爸爸是孩子面前的一面明镜，孩子看着爸爸长大。

最近和孩子在一起的时间太少了，见了孩子，就想满足他们的所有愿望。

> 好，爸爸这段时间没能帮你做的，现在都为你做！

> 真的下个月给我买游戏机？

> 嗯嗯！

但是，很多时候爸爸在约定后又后悔，或是因为太贵了，或是因为知道对孩子不太合适。

讨价还价

> 爸爸，游戏机呢？

> 妈妈说太贵了，不让买。

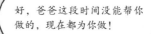

爸爸一旦食言一次，孩子就越来越不相信爸爸，次数多了，最后就不再相信爸爸了。

什么呀，爸爸总爱说谎。

对不起，对不起……

这样一来，爸爸为挽回失去的信任，常常会夸海口。

那好，下次给你买个手机！

真的？

但是孩子的期望值越来越高，愿望也越来越难满足。

切，这个质量这么差。

更重要的是与孩子的沟通交流。如果与孩子在一起的时间比较少，应将与孩子的沟通进入日程。饭→

从小时候开始，饭后就是讨论家庭问题和时事的时间。

←J.F.肯尼迪

爸爸和孩子之间，归根结底还是人际关系的磨合，不要滥发满足孩子愿望的空头支票。

只要你说，下次我一定给你买！

我信他这一次，可以吗？

　　即便是与孩子的小小约定，大人也一定要遵守，形成相互信赖的关系。

# 7. 为孩子栽培梦想的 "格物致知型爸爸"

我们一起做怎么样？

"格物致知"就是根据事物的规律正确地了解知识。

← 宋朝的朱子学家，朱子理学的集大成者朱熹先生

在一次钓鲢鱼的活动中，我遇到了一位爸爸，他说他的孩子在很小的时候就非常喜欢玩积木，于是给孩子买了很多积木，并陪着孩子一起玩。

叮叮哪哪

（这是车！）

当他知道好奇心强的孩子有科学天赋的时候，

哇！1周岁的孩子居然……

就领着孩子走访了好几个天文台去观看星星，让孩子熟悉星座。

下一次我们去哪一个天文台呢？

不久，他又发现孩子有音乐天赋。

他的弹奏水平超过一般的孩子。

艺术的殿堂

莫扎特是天才音乐家，但贝多芬是实力派。

这是一个能细心地观察孩子，自然地培养孩子的优秀爸爸典范。

但是，大多数的爸爸不愿意深入了解孩子多种多样的梦想。

我的梦想是当一个宇航员。

呵，我们国家连宇宙飞船都没有呢。

没有梦想，就没有未来可言。小时候的大梦想，是孩童成长的引擎，会壮大和再生。

孩子的梦想虽然随着年龄的增长而变化，但是重要的是爸爸要在旁边关注孩子的梦想有多大、有何变化，并为孩子加油鼓劲。

孩子梦想当科学家，爸爸就领着他去天文台观测，这种支持对孩子的发展影响颇大……

我长大了一定要飞到月球王国去。

好，爸爸帮你。

　　孩子追寻具体的梦想，对于他的将来是非常重要的。爸爸的关注塑造孩子的未来。

# 8. 喜欢高谈阔论的"纸上谈兵型爸爸"

只说不付诸实践的爸爸类型。

要是我做，那才叫棒，哈哈哈……

空推车吱嘎响，喷喷喷。

三天两夜的家庭参与活动，晚上专门为爸爸们单独举办沙龙活动。

请爸爸们单独集合!

也是一杯烧酒下肚，开始说出心里话。

啊，真不错~

和在外面喝的酒就是不一样。

我们轮流谈一谈，先自我介绍一下，再发表一下感想。

今天的主题
怎么培养我们的孩子?

小城家一家四口都来参加了本次活动，爸爸开始发言。

嗯，那个……

这位小城的爸爸，关于孩子的养育那可真是夸夸其谈……

菲斯特洛奇，蒙台梭利，

清教徒式的教育……

叽里哇啦……

正如庞大的火星探索火箭也要靠小按钮启动才能运行，一个小小的实践是迈出的第一步。

爸爸能和孩子在一起的时光，要比想象的短得多。在这段转瞬即逝的时光里，要和孩子玩上一分钟的游戏。一分钟游戏，顾名思义，就是用一分钟的时间和孩子玩耍。在这一分钟里，如果爸爸能进入孩子的内心世界，就是90％的成功。在这一分钟里，爸爸倾听孩子的苦恼，讲讲自己小时候的故事，就是对孩子最好的帮助。

通过
# 一分钟游戏
了解孩子的心灵

# 第一章
# 一分钟快乐手工游戏

周末，孩子直嚷嚷没意思，爸爸却苦于找不到陪他玩的游戏。但是，等一等！我们蛮有创意的爸爸，请看一看你的周边，有很多不用花一分钱，却能让孩子们开心的游戏材料——报纸和纸箱，胶带和纸，还有很多废旧物，可以用这些东西拼拼凑凑，与孩子尽情过个不花一分钱的周末。

# 1. 纸足球

*危险度：0
*年龄：3~5岁
*噪音：几乎没有

平淡无奇的周末，孩子又不想出去的时候，就可以拿一份报纸揉成一个足球玩玩，快乐踢足球的时间到了！

准备物　报纸1~2张、胶带、刀

制作方法　1. 把报纸随便揉软。

　　　　　2. 层层包裹成圆圆的球。

　　　　　3. 表面用胶带固定好。

＊在做球的时候，一定要和孩子一起动手做，即便孩子做得不好，也要鼓励孩子。

爸爸的游戏革命——玩出聪明孩子　**37**

**游戏方法** 首先，用枕头或靠枕等物品立个球门，爸爸当守门员，让孩子在适当的距离踢球。如果进球的话，马上称赞孩子，并且把踢球的要领教给孩子。进球的比例要保持在60％~70％。（如果孩子一直进不了球会有压力，觉得没有意思。）

**优点及效果** 手工做球与游戏同时进行，不必破费，通过废物利用的方法培养孩子的创造能力。

**缺点** 家中会起很多灰尘。

**注意事项** 开窗通风，事先告知妻子这个游戏会起灰。

**应用动作** 孩子当守门员，这时爸爸的进球率就应当调整到30％~40％，这样会使孩子心情愉快。

# 2. 纸棒球

* 危险度：0 　　 * 年龄6~8岁
* 噪音：几乎没有 　 * 场所：卧室或客厅
* 运动量：孩子运动量相对大

百无聊赖的时候，单用几张报纸，就可以和孩子一起在客厅里面痛快玩一场棒球游戏。

准备物　报纸4~5张、胶带、刀

制作方法　1. 把1~2张报纸揉软。

2. 团成圆圆的球。

3. 上面贴上胶带，做成棒球。

4. 用剩下的报纸卷成球棒。

游戏方法　爸爸当投手，孩子当击球手。爸爸投球，孩子用纸球棒或手击球。爸爸在投球的时候，尽可能让孩子能接得住，并将挥棒击球的要领告诉孩子。

优点及效果　手工与游戏同做，是个不用花钱的游戏，通过废物利用的方法培养孩子的创造能力。

缺点　家中会起很多灰尘。

注意事项　开窗通风，事先告知妻子这个游戏会起灰。

应用动作　也可以反过来，孩子投球，爸爸当击球手。

# 3. 钟摆纸棒球

*危险度：0 *年龄：3~8岁
*噪音：略有 *场所：客厅
*运动量：孩子有一些运动量，爸爸根本没有

星期日无所事事的时候，可以选择的不花钱又有意思的报纸游戏。只要有报纸，就可以和孩子一起玩有意思的报纸棒球游戏啰！

准备物　报纸2张、胶带、刀、线　　＊把报纸卷成纸棒当作球棒。
制作方法　1. 把报纸揉软。
　　　　　2. 揉成比棒球稍大一些的圆球。
　　　　　3. 在表面用胶带固定住，便做好棒球了。

游戏方法　将纸球用线穿起来，挂在天棚上，注意要粘牢，以防纸球从天棚上掉下来。待球摇晃到孩子胸部的时候，让孩子用纸棒打球，球反弹之后接着打。爸爸要做的事情，就是一旦球从天花板上掉下来，或系球的线断了时赶快修好，还有一件事就是要称赞孩子。因为球有惯性和向心力，所以孩子要不断地活动不停地打球才行。

优点及效果　制作与游戏同时进行。爸爸几乎不费什么力气，也不用花费金钱，还能通过废物利用培养孩子的创意能力。

缺点　家里会起很多灰。

注意事项　打开窗户通风。

应用动作　把线拉得更长一些，当作足球来玩也是不错的主意。

# 4. 电话游戏

*危险度：0　*年龄：3~8岁
*噪音：无　*场所：客厅或卧室
*运动量：孩子稍有运动量

在孩子不想去外面玩时，就在家中玩个打电话的游戏吧。

准备物　报纸4~5张　　　*一起做手工的过程非常重要。
制作方法　把报纸卷起来，做成两米左右的纸卷电话筒。

**游戏方法**　这个游戏也可以躺着玩。纸卷电话是爸爸用来和孩子单独通话的工具，和孩子谈谈感兴趣的话题，说说有关妈妈的悄悄话，有关兄弟姐妹的趣事，也可以让孩子说说想去哪里玩，以及爸爸对孩子的期望等等。还可以讲讲爸爸喜欢的趣味故事，孩子出生时的故事和孩子小时候的故事等。让孩子给爸爸唱唱歌也是个不错的主意。

**优点及效果**　话筒作为彼此的秘密通话方式，提高了彼此的亲密感。不用花钱又能培养孩子的创意，真可谓一举两得。

**缺点**　没有什么运动量。

# *5.* 纸箱盖房游戏

\*危险度：高　　\*年龄：3~8岁
\*噪音：几乎没有　\*场所：客厅
\*运动量：孩子稍微有点运动量

这个游戏会让孩子终生难忘，津津乐道，而且还可以为孩子树立好爸爸的意识。

---

**准备物**　空箱子、办公用刀、宽透明胶带、油画棒、水彩、油性笔、彩纸

---

**游戏方法**　首先和孩子商议盖房子的计划，定好计划。至多1周或15天之后就要付诸实践。找4~5个箱子。开始房子要盖得小些，孩子能躺下伸出脚的程度就可以。一般来说，盖这种纸箱房子需要2~3个小时。连接箱子的时候需要用胶带，把各个箱子组合成为房子的样子。而且，要用刀划出窗子和门。孩子要做的事情，就是在房子的墙上画上画。画要按照孩子的意思来，尽可能动用所有的工具来做。让孩子画上蓝天、花草、昆虫等自己喜欢的东西。

**优点及效果**　房子一旦盖好了，孩子就把被子和枕头拿来，想在里面睡觉，那么爸爸就假装拗不过孩子答应他好了。孩子内心中还存留有胎儿的本性，一般睡上几天也就满足了，但是有的孩子要呆上十

几天才心满意足。因为是和爸爸一起盖的房子，所以，孩子心中有很多爱恋，加上自己画的画，心情会更好。也可以在纸箱房子里面安上一盏灯，为孩子的童年留下温馨的回忆。

缺点　纸房子做好了以后，会有很多灰尘，要收拾整理的物品也很多，所以收尾工作要做好。

注意事项　在裁胶带的时候，让孩子拉着，爸爸作示范用刀来裁。房子的模样和结构也要和孩子商量，因为这毕竟是孩子要睡觉的地方，所以要很好地考虑孩子的意见，最终体现孩子的想法。当孩子使用刀的时候，要特别注意安全。

# 6. 在餐厅里盖个房

\*危险度：几乎为零 \*年龄：3~8岁
\*噪音：几乎没有 \*场所：餐厅
\*运动量：孩子有一点点

邻居家的孩子来玩，恰巧妈妈又要外出，做爸爸的你是不是有些为难呢？没关系！小时候不是在餐厅里玩过盖房子的游戏吗？对！马上动手准备吧！让孩子们自己津津有味地玩上两三个小时吧！

准备物　又薄又宽的被子2~3床

游戏方法　用薄被子将用餐的椅子和餐桌的缝隙遮起来，做成一个家。要连接椅子和被子的时候，请用晾衣夹夹起来。外部工程结束后，就准备好被子和枕头让孩子在里面舒舒服服地睡一觉。根据孩子的年龄段，爸爸稍作监督，让他们自己玩。

优点及效果　因为这个游戏刺激了孩子们胎儿的本能，所以孩子们会感到很舒服、很愉悦，体会到充分的安全感。

缺点　因为还要使用餐厅，盖的房子不能保留太久。

应用动作　爸爸用纸箱为孩子盖房子。

# 7. 造雪房子

* 危险度：几乎为零　* 年龄：任何年龄
* 噪音：无　　　　　* 室外
* 运动量：孩子有很大的运动量

正逢下大雪的日子，你可以神秘地问孩子："今天我们造个雪房子怎么样？"孩子一定会大声欢呼："好啊，爸爸！"

---

**准备物**　手套、推雪板

---

**游戏方法**　和孩子一起商议，首先画出雪房子的样子，有些歪歪扭扭的也没有关系。画完之后，让孩子谈一谈造房子的方法。重点是把雪堆在一起，压成很多砖头的模样，让孩子不断地把抟好的雪递过来。爸爸做雪块砖头，要准备一般砖头大小的雪块100多个。大家戴好手套，防止把手冻坏。雪砖都做好了之后，就可以开始造房子了。爸爸垒砖，孩子拿雪抹缝隙。一块砖，两块砖，转眼，雪房子就盖好了，这时候，千万别忘了留张纪念照啊。完工后，爸爸的任务到此结束，让孩子自由自在地在雪房子里钻来钻去好了。孩子越多越有意思。

**优点及效果**　只是在图片和漫画里才能看到的雪房子，被爸爸亲手造出来了，孩子该多么感动啊！也为孩子的童年留下多么美好的回忆啊！

**缺点**　雪有湿气才能马上抟成砖的样子。

**注意事项**　　孩子太专注于游戏的话，很容易冻伤，所以可以稍微休息暖一下手再做。让雪积了一些湿气以后再开始工作。

　　**应用动作**　　分组打雪仗，堆雪人。

飘啊飘——下雪了，

天上飘下雪花来……

# 8. 报纸剑术游戏

\* 危险度：略有　　\* 年龄：3~8岁
\* 噪音：有一点　　\* 场所：客厅
\* 运动量：孩子有一些

在索然无味的周末，孩子们显得无所事事，聪明的爸爸们，可以同孩子一起用报纸做成剑，然后装成彼得潘玩玩大拼杀的剑术游戏吧！虽然剑术游戏很有意思，但是手工制作的过程也很重要，如果能和孩子商量商量剑的长短粗细等细节问题的话，那就更理想啰！

准备物　报纸 3~4 张、胶带、刀
制作方法　把报纸紧紧地卷成纸棒，做成两把剑。爸爸的剑比孩子的一半稍长。

**游戏方法**　剑术游戏也有原则，爸爸要用平时不太伶俐的手击剑。双方规定好击中身体不同部位的分值，只有碰到了身体某个部位才能得到相当的分数。还要规定比赛的时间。每场三分钟，共三场。三场都结束后，计算总分。当然应该让孩子赢才行。让我们创设一个离奇剧情吧，一开始爸爸赢，最后孩子转败为胜。那么，孩子或许会天天缠着你玩剑术游戏呢。

**优点及效果**　一石二鸟，既做了手工也玩了游戏，既不破费，又让孩子废物利用，学习创意。

**缺点**　房间里会起很多灰尘。

**注意事项**　请开窗换气。

**应用动作**　用报纸做成话筒，玩打电话的游戏。

# 9. 纸箱里的打滚游戏

*危险度：略有　*年龄：6~8岁
*噪音：几乎没有　*场所：客厅
*运动量：孩子有一些，爸爸根本没有

　　孩子扯着爸爸的衣角央求爸爸陪他玩，可是爸爸今天偏偏很累很累，哪有心思和孩子一起玩。这时爸爸眼前一亮，看见阳台有几只空纸箱摆在那儿。对！就是这个，空纸箱游戏！爸爸只要把空纸箱的两边牢牢封在一起，游戏的准备工作就大功告成了！

> 准备物　空纸箱（孩子身体的三分之二左右能进入的大小）1个
> 制作方法　将纸箱两边用胶带牢牢封住，适合孩子在里面打滚。

　　**游戏方法**　让孩子钻进空纸箱里面随便打滚就可以了，不用特意要求孩子往这儿滚，往那儿滚，让孩子随他自己的意思好了。

　　**优点及效果**　孩子高兴的话就万事大吉了。孩子一个人也会玩得很开心。

　　**缺点**　孩子一个人打滚，从爸爸的立场上来说，多少有些不好意思。

　　**注意事项**　纸箱子太大的话，趣味程度就会降低，所以，要选择大小合适的纸箱，检验一下是否容得下孩子钻进去打滚。孩子一旦开始打滚可能会失去方向感，磕碰到身体，所以开始之前要加以提醒。

　　**应用动作**　如果纸箱稍大一点，就可以马上改造成3~5岁孩子的房子。

# 第二章
# 让孩子开动脑筋的一分钟游戏

　　孩子的好奇心很强，提的问题也非常多，有时候多得让人心烦。问题是，表示好奇是渴望知晓的欲望反映。孩子在和爸爸玩耍的过程中，满足了好奇心，也与爸爸有了沟通和交流。让我们和孩子们一起玩玩开动脑筋的游戏吧！　在爸爸疲劳的时候，或在激烈活动之后要引起孩子注意的时候，这种游戏有特效哦。

# 1. 用手量身高

这是爸爸因为疲劳懒得扭转家庭气氛，或孩子非要跟爸爸玩的时候进行的游戏。

*游戏方法* 用手掌来量孩子的身高，更准确地说，目的是胳肢孩子让他大笑一通。把手展平，用大拇指和中指之间的长度来量孩子的身高，从脚底开始到头顶，一边数着"一、二、三"，一边在孩子身上比画。直到膝盖的部位，孩子还能忍着保持安静，等到爸爸的手到了腹部、胸部和颈部的时候，孩子终于忍不住笑了起来。这时爸爸就说，因为你笑了，白量了，要重新量才行。量过个子之后一定要告诉他有多少拃（例如"你有七拃半"，"正好六拃"等）。

哇~又长了一拃！

*优点及效果* 孩子会开心地大笑，这是扭转僵局的重点，游戏进行一会儿就能听到孩子的笑声。

*缺点* 运动量实在太少。

*注意事项* 需要让孩子笑起来的技巧。

*应用动作* 让孩子躺下以后再开始量。

# 2. 用尺子量个头

*危险度：0　　　*年龄：3~8岁
*噪音：几乎没有　*场所：客厅
*运动量：孩子几乎没有

当孩子对数字有概念的时候，用这个游戏可以培养孩子的长度概念。

---

准备物　30cm的尺子

---

**游戏方法**　让孩子拿把长20或30cm的尺子，用这把尺子把孩子从脚到头量一量。用手量的时候，很容易逗孩子笑，但是用尺子量就没有那么容易了。因此，给孩子讲讲有关长度的概念，"爸爸身高1.75米，让爸爸看看你有多高"，用这种方法来引导孩子。孩子一般只有个高或个矮的概念，这个游戏让孩子理解具体的数字概念。量完之后告诉孩子有多高，之后让孩子跟着说一遍。不准确也没有关系，等到后来再量的时候，孩子已经忘记了从前的数字。借口说不太准确，再量上2~3次。如果孩子对数字感兴趣的话，把毫米数告诉孩子也无妨。

**优点及效果**　告诉孩子新的概念，让孩子对数字产生兴趣。

**缺点**　不太容易让孩子大笑。

**注意事项**　用尺子量的时候，注意不要让尺子扎到孩子。

**应用动作**　用手来量个子。

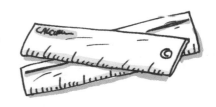

# 3. 用手掂量体重

*危险度: 0 *年龄: 6~8岁
*噪音: 无 *场所: 客厅或卧室, 沙发上
*运动量: 孩子几乎没有

爸爸和孩子都很疲惫的时候，就玩玩这个游戏吧，这个游戏是让孩子自然地接受爸爸的爱抚的时候做的。

**游戏方法** 爸爸把孩子抱起来，猜猜孩子有多重，然后告诉孩子。或坐着抱，或站着抱。在这个游戏中自然地有身体的爱抚是很重要的，能温情地怀抱孩子就最好不过了。

**优点及效果** 让孩子对重量产生兴趣。

**缺点** 太单调。

**应用动作** 因为太单调了，所以与其他简单的游戏联系起来玩还不错。不管孩子是否知道自己的体重，爸爸都将自己猜测的体重告诉孩子，将话题转移到其他事物或家人的体重、朋友的体重上。来说说各种动物、车辆、火车的重量等，这些都是聊不完的有趣话题。如果孩子的体重太轻了，就从"偏食对身体可不好哦"开始说起，讲一讲饮食习惯的问题。如果太重了，就讲讲高热量食品的害处。

# 4. 用体重仪称体重

*危险度：0　　　*年龄：6~8岁
*噪音：几乎没有　　*场所：客厅或卧室
*运动量：孩子几乎没有

在爸爸和孩子都疲劳，或没有什么合适的游戏玩的时候，就玩玩这个轻松的小游戏吧！

> **准备物**　体重仪

**游戏方法**　让孩子站在体重仪上称一下体重，然后将数值告诉孩子。这时候，最好全家人都参加这个游戏。只有这样，才能将数字的概念、大小的概念明确地告知孩子。特别是一定要将称的10克和100克的标数告诉孩子，告诉孩子10个100克就是1000克，如果孩子理解了体重的概念的话，就将吨的概念也教给孩子。大象大概有5吨，也就是5000千克，最大的鲸鱼有150吨，即15万千克，等于1.5亿克。并不是让孩子死记硬背，而是举出很多例子，让孩子对度量单位感兴趣，拓展孩子的趣味。

**优点及效果**　可以了解多种多样的重量概念，产生数的概念。

**缺点**　算不上是游戏，可以把它看作是发展智能的学习。

**注意事项**　绝对不能强行教孩子，多举一些例子说明，即使孩子不能理解，也不能强迫，简单地告诉孩子就可以。最好以后要自然反复地告知。

# 5. 寻宝

虽然外面风和日丽，可孩子却不想出去玩，在家里缠着爸爸。爸爸很累不愿意动弹的时候，可以玩玩这个寻宝游戏。

> 准备物　宝物（选择一些对孩子比较珍贵的东西让孩子寻找）

游戏方法　这是把特定的东西当作宝物在房间里藏起来，彼此寻找的一个游戏。因为孩子比较小，所以准备稍微大一些的东西比较好。如果爸爸把东西藏得过于隐秘，就没有意思了，应该根据孩子的年龄段，藏在孩子比较容易找得到的地方。而爸爸即便看见了孩子所藏的东西，也装作找不到，这就更能够挑起孩子的乐趣。可以把宝物藏在衣橱、冰箱，以及床下等地方，要考虑孩子的身高来藏这些宝物。

优点及效果　有益于培养孩子的好奇心和探索精神，也可以帮助孩子了解房间的构造、家居等。

缺点　如果宝物藏得太隐秘，会把房间搞得乱七八糟。

注意事项　一开始的时候，将宝物藏到比较容易找到的地方，以便引发孩子的兴趣。根据孩子的年龄，可适当调整难易程度。爸爸尽量让孩子可以在3分钟之内找到宝物，而爸爸则假装玩3次只能找到1次，便举手投降。

# 6. 熟悉数字

*危险度：0　　*年龄：3~5岁
*噪音：无　　*场所：室内
*运动量：孩子几乎没有

这是一个能有效培养孩子数字概念和计算方法的游戏。

**游戏方法**　我在养育孩子的过程中，常常使用10进制和偶数递加的方法，让孩子尽快掌握数字。10进制的方法就是多问孩子"10个1是多少啊""10个10凑在一块儿是多少啊"这样的问题。就像唱童谣一样，和孩子们一起唱个、十、百、千、万、十万、百万、千万、亿、十亿，一直到兆的歌。偶数递加的方法就是2+2=4，4+4=8，8+8=16，16+16=……这两种方法读起来很有节奏感，有时候就不是加法学习，而是变成有意思的游戏。

提升的方法是加法运算，如果孩子还小的话，可以以10或100为单位出其不意地提问。如果你问"785加463等于多少"的话，孩子当然回答不出来，因为这是难住孩子的问题。然后，爸爸告诉他答案是1248，孩子心里一定会想："爸爸真是个加法天才。"如果孩子理解了以100为单位的加法的话，就可以出以万为单位的加法运算了 。首先问："12345+43434等于多少？"孩子当然又答不出来啰，那么爸爸就告诉他："是55779。"当然，重要的是要按照孩子的年龄段出题。孩子还小，只会算2加2等于4的话，那么就教孩子2亿加2亿等于4亿也未尝不可啊。你还可以告诉孩子1兆加1兆等于2兆呢。这样孩子就会明白只要认识了数字的加法，单位是亿还是兆都是如出一辙的。游戏过程中一定要不停地夸奖孩子。

　　**优点及效果**　孩子能够掌握一些数字的概念和连续运算的方法，可以开动脑筋地玩。

　　**缺点**　如果太难，孩子一会就厌烦了。

# 7. 熟悉时间(时、分、秒)

*危险度：0　　　*年龄：6~7岁
*噪音：几乎没有　*场所：室内
*运动量：孩子几乎没有

这是一个可以让孩子了解时、分、秒的游戏。

**游戏方法**　最近，上小学二年级的儿子一回到家就问我："爸爸，现在几点了？"我总是本能地回答说："嗯，现在5点34分15秒。"从去年开始，孩子见我看着没有秒针的表，却说出几分几秒，就说："爸爸瞎说。"这说明他已经懂得时间的概念。

教孩子时间的概念，没有必要买来教材硬着头皮上课，还是善用孩子的好奇心吧！等到孩子四五岁的时候，就开始问他："几点了？"孩子太小回答不上也没有关系。这是一个引发好奇心的策略。让孩子自然地向妈妈问时间，这样让他懂得时间是生活的一部分。和孩子有约定的时候也说："妈妈现在要出去，5点35分23秒回来。"孩子们就会感叹，认为妈妈真是一个遵守时间的人。有时得违背诺言，要对孩子这样说："妈妈有点急事儿，晚了25分35秒。"那么，孩子就会从心里想要知道这25分和35秒。

**优点及效果**　可以告诉孩子关于时间的概念，让孩子马上说出时、分、秒。

**缺点**　孩子的年纪太小或太大就觉得没有意思了。

# 8. 名称大比拼

*危险度：0　*年龄：3~8岁
*噪音：略有　*场所：室内
*运动量：孩子没有运动量

这是一个根据孩子不同年龄阶段适当调整的游戏。可以是动物名字大比拼，也可以是植物、鱼类、昆虫、国家名称的比拼，还可以是厨房用品、客厅家具、卧室物品名称的大比拼。

**游戏方法**　在和孩子进行名字大比拼的时候，千万不要挖空心思左思右想而造成心理负担，如果线索断了，换个主题就可以了，还可以让孩子自己定主题。如果孩子年龄差一两岁的话，就可以让他们一起参与。这时候，年龄小的可能会输给哥哥姐姐，不过这也成了他学习的动机，为了赢哥哥姐姐，私下里还会再下很多功夫学习呢。这个游戏可以在睡前进行。躲在被窝里比拼一通，不知不觉消耗很多能量，几个主题过后，孩子们就睡眼蒙眬了，那时结束就恰到好处了。

**优点及效果**　可以很快地记住事物的名称。

**缺点**　玩得太多就会厌烦。

> 袋鼠、熊猫、鬣狗、蜥蜴、鸭嘴兽……

> 狮子、老虎、大象、兔子、鹿、马、狗、猪……

# 9. 问候

*危险度：0　*年龄：3~8岁
*噪音：略有　*场所：室内
*运动量：孩子没有

把"问候"这一日常行为当作小游戏来玩，会引起孩子的不少兴趣。

**游戏方法**　问候的方法在每个国家都各不相同，除了一般的握手问候以外，还有像爱斯基摩人那样的擦鼻子问候，像非洲人碰碰屁股的问候，碰碰脸颊的问候。虽然问候的方法多种多样，但是共同点都是有皮肤的接触。上下班的时候，通过多种多样的问候来增强与孩子间的纽带关系。尝试了各种问候方法之后，让孩子自己选择喜欢的问候方法。这是一个在简短时间里传达彼此温情的方式。

**优点及效果**　爸爸与孩子之间自然的皮肤接触会加强父子之间的纽带关系，给下班回家的普通问候带来变化的气息。

# 10. 查地图

如果家中有两个孩子，或者亲戚家的孩子来做客的时候，拿出这个游戏，会让孩子饶有兴致，并玩上半个多小时。

**游戏方法**　首先要有一本有趣的地图册，若只是本国的地图，会减少游戏的趣味性，最好一开始就选择有七大洲的地图或图片，爸爸来当裁判。以各大洲为范围进行寻找国家位置的比赛，定下输赢办法，三局两胜或五局三胜。如果孩子们之间有年龄差距的话，就多给年幼的孩子1分或半分。按照亚洲、非洲、欧洲的顺序来寻找所属各大洲的国家名称，爸爸提问，孩子们找，先找到且多者为赢。一个洲的国家找完了之后，赢的孩子就高呼"万岁"，输的孩子和爸爸鼓掌。

如果有图片的话，就可以在每个洲上寻找图片，游戏方法同上。爸爸要为每个图片标上分值，让孩子们险胜。2002年足球世界杯的时候，韩国和意大利队对战，我问了小学二年级的孩子，与韩国打对抗赛的意大利在什么地方，他马上回答说在欧洲，这就是平时积累的知识实力。

**优点及效果**　孩子可以获得地理和社会的知识，还可以学习看地图的方法。

**缺点**　如果一开始就问不熟悉的国家，孩子马上就会厌烦。

# 11. 学习汉字游戏

*危险度：0  *年龄：6~11岁
*噪音：略有  *场所：室内
*运动量：孩子没有

　　孩子上小学一年级前后，开始对词汇有了兴趣，这时如果用汉字告诉答案，就对孩子理解词义很有帮助。因为汉字是象形文字，每个字都有自己的意思，在看电视的时候，出现一个新的单词，孩子一定会不假思索地问这个词的含义，这时不妨和孩子学习一番。

　　**游戏方法**　假如孩子问爸爸"竹马之友"是什么意思，那么就可以先在纸上把这个成语写下来，然后告诉孩子，"竹"就是竹子的竹，"马"就是大马的马，"竹马之友"指的就是从小一起用竹子当马骑着玩的老朋友。并告诉孩子，知道了字的含义，就很容易了解词的意思了，因为汉字是象形文字，认其字，解其意。如果孩子感兴趣，也可以将字的笔画顺序教给孩子。当然，这些最好不要强求。让孩子认识到学习汉字的必要性，这已经是成功的了。

　　**优点及效果**　让孩子产生学到新知识的自豪感，可以学习汉字的发音及含义。

　　**缺点**　一次教太多的话，学习效果就会欠佳。

# 第三章
# 用家中物品快乐游戏一分钟

　　周末，一家人可不能呆在家里昏昏沉沉地看一整天电视，有没有什么既不破费又有意思的室内游戏呢？来，让我们用袜子、课桌、洋画、围棋子、被子、枕头等家里现成的东西来过一个有趣的周末吧！

# 1. 袜子棒球

*危险度：0   *年龄：3~6岁
*噪音：几乎没有 *场所：室内
*运动量：孩子运动量一般

原本想出去痛快玩上一场的，结果令人扫兴的是外面下起了雨。让我们在家里玩玩棒球游戏吧！

**游戏方法** 只要有双袜子就OK了。一般的家庭在收拾袜子的时候，都卷成球状，我们就把它当作棒球好了，孩子当投手，爸爸当击球员。爸爸在开始游戏之前，首先要把棒球游戏中好球坏球的判断依据简单地告诉给孩子。之后，每次孩子投球都要告诉他是好球还是坏球，并时常给孩子一些称赞。重点是爸爸要告诉孩子投掷的技巧。孩子6岁后，练习几个月，就可以买上棒球手套，棒球棒等，领着孩子到野外去实战一下。

**优点及效果** 用手臂扔袜子，对孩子来说是一种新的体验，所以孩子会非常喜欢。如果孩子投了好球，对他加以称赞的话，孩子更会沾沾自喜了。孩子在投球的时候，爸爸只要言语指导就可以，不用费什么力气。

**缺点** 会起很多灰尘，有可能碰碎东西。

# 2. 室内课桌乒乓球

*危险度：0  *噪音：有些多
*年龄：全家人都可以参与
*运动量：孩子有很大的运动量

周日，没有什么比一家人整天盯着电视看再惋惜不过的了。只要从文具店里买个乒乓球，就可以过一个活力四射的星期日了。

> 准备物  课桌2张、乒乓球2个、结实的书4本、录像带4盒

游戏方法  课桌当乒乓球台，用录像带当球网，规则与乒乓球比赛相同。可以是双打，也可以是单打。双打开始时，各队队员鼓掌上场。如果孩子是高年级，就可以玩单打。一场11分制，比赛气氛紧张。打到10分钟的时候，孩子已经消耗很多气力了。如果在纸上写下分数，然后一边出示比分一边随着进度翻过去的话，就更有现场的感觉了。

优点及效果  提高了家庭的凝聚力，是一个不必破费财力的全家人玩的游戏。高年级的孩子来访，建议他们不要总围在电脑旁边，试着在课桌上打乒乓球，孩子们会很开心的。

缺点  噪音要比想象的大得多。孩子至少到了10岁才会不嬉闹、津津有味地比赛。

注意事项  因为噪音很大，要考虑对邻居的影响。如果小学三年级以下的孩子自己玩，因为接球水平太差，玩起来会没有趣，所以这时爸爸要参与，和孩子一起玩。

应用动作　比谁用书打球时间最长，也是很有意思的。与孩子约好全家一起去一次正规的乒乓球场。

# 3. 用羽毛球拍颠乒乓球

* 危险度：0  * 年龄：6~11岁
* 噪音：略有  * 场所：客厅
* 运动量：孩子较大

只要家里有乒乓球就可以玩"看谁颠的时间长"的游戏了，特别是这个游戏需要注意力集中，就算三、四年级的孩子一开始也未必能做得好。用各种各样的材料来尝试颠乒乓球的游戏吧。

---

**准备物**　羽毛球拍、乒乓球

---

**游戏方法**　这个游戏很简单，就是用羽毛球拍随着乒乓球的节奏托着颠，不让它掉下去。但是学前孩子第一次玩的时候会将乒乓球因为弹力而上下跳动的几下，说成是自己颠的几下。应当把这种情况视为犯规，并告诉孩子，颠球的时候应当发出嗒嗒嗒碰撞球拍的声音。爸爸的任务是给孩子数数，并将记录告诉孩子。因为是不经常玩的游戏，所以最好是告诉孩子上次打了几下，勉励孩子要打破上次的纪录，这样开始效果会更好一些。纪录更新的时候，就给孩子一些鼓励和奖赏。如果使用网球拍，要领也是相同的。

**优点及效果**　掌握注意力集中才能打得多的要领，熟练掌握运用工具的玩法。

**注意事项**　如果孩子打破纪录的话，一定要给孩子奖赏。

**应用动作**　用网球拍颠乒乓球，用硬实的书颠乒乓球。

# 4. 扇洋画

*危险度：0　　*年龄：6~8岁
*噪音：几乎没有　*场所：客厅或卧室
*运动量：孩子略有

扇洋画是传统的游戏，现在依旧被孩子们所喜爱。从前，孩子甚至有几十个、几百个洋画。现在很少能看到传统洋画的身影，而是由另外款式的硬卡代替。孩子一旦开始收集洋画，就和孩子一起玩玩扇洋画的游戏吧。

---

**准备物**　洋画 20 个

---

**游戏方法**　看谁将洋画扔得远，把洋画夹在右手的食指和中指之间，往前扔，谁扔得远就得一分。扔得远的技术可不是一蹴而就的，要有正确的姿势和丰富的经验才行。爸爸一开始也不会太轻松，但是练几次就熟能生巧了，几次的失误反而使游戏趣味横生。每个人10片，赢的人每次得1分，输的一方为零分。10轮对决过后，分数多的人为胜。

**优点及效果**　学习注意力集中、协调身体的能力，掌握利用手腕弹力的技巧。

**缺点**　运动量太小。

**注意事项**　哪怕是第一次也不要顾忌，先开始亲身体会一下。

**应用动作**　赢洋画比赛。

# 5. 赢洋画比赛

*危险度：0　　*年龄：6~8岁
*噪音：几乎没有　*场所：客厅或卧室
*运动量：孩子略有

洋画玩了几次就腻烦了，想玩点别的，好，玩甩洋画怎么样？

---

准备物　洋画50片

---

**游戏方法**　甩洋画的方法有好几种，其中一种就是传统的方法，首先，在墙上或桌子上70或80厘米的高度做个记号，从这往下甩洋画，轮流甩，把对方的洋画掀翻的人为胜，洋画归他。一开始不太容易，但练习10次以后就可以了，趣味性也就增强了。甩洋画的时候兴奋和失望交加，一局下来还想下一局。

**优点及效果**　可以培养期待感和想象力，几个人一起玩就更有意思。

# 6. 弹围棋子游戏

\* 危险度：0　\* 年龄：6~12岁
\* 噪音：无　　\* 场所：客厅或卧室
\* 运动量：孩子略有

家里的围棋子也可以成为趣味游戏的材料，有空的时候在家里与孩子简单尝试一下好了。

**游戏方法**　用一般的方法下围棋，孩子会觉得枯燥无味。来定一个规则怎么样？第一，用围棋子的数目来划分，爸爸5个，孩子15个或20个。第二，如果把对方的棋子打掉的话，就可以接着弹。第三，像围棋一样，一局一换。当孩子赢的时候，爸爸的棋子就被吃掉一个，而当孩子输的时候，爸爸的棋子就会多一个。要想把弹棋子的游戏玩好，关键在于选好要吃的棋子和正确的姿势。一开始孩子可能有点把握不好，但熟能生巧，不久，孩子就可以用同等数字的棋子和爸爸比赛了。

**优点及效果**　孩子可以学习规则和公平竞争的精神，有助于培养孩子对五子棋和围棋等棋类的兴趣。

**缺点**　因为是坐着玩，所以没有什么运动量。

**注意事项**　游戏开始之前，要和孩子讲好规则。

**应用动作**　五子棋或围棋。

# 7. 对讲机游戏

* 危险度：0  * 年龄：任何年龄段
* 噪音：一般  * 场所：任何场合
* 运动量：孩子几乎没有

电话是各在一方的两个人进行沟通的通讯工具，但是爸爸可以用来和孩子玩有趣的游戏。

**游戏方法**　第一个方法是对讲机游戏。当你和孩子在一起的时候，给孩子打电话，孩子一接电话，你就说："儿子，出来，over！"这时，儿子马上会说："我来了，over！""爸爸，出来，over！"爸爸问："你今天去春游，有没有意思？over！"如果孩子说："没有意思，over！"你就说："为什么没有意思？over！"用这种方式来深入话题。

孩子尽管春游玩得不太尽兴，或是玩得筋疲力尽，但听到爸爸这样用对讲机的方式来游戏的时候，还是会心情愉快的。在这个游戏中，谈话的中心是儿子。事先了解孩子的行程，有助于帮助你和孩子有共同的话题。从孩子的角度来看，与爸爸谈论自己的事情没有精神负担才好，如果得到爸爸的激励，心情就会更好。

如果突然进行这个游戏，孩子会一下子接受不了。所以，事先最好将对讲机的概念介绍给孩子，并进行简单的练习之后再开始玩这个游戏，孩子才会觉得有意思。这个游戏的要点在于每句话后面都要说"over"。

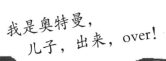

# 8. 电话属相游戏

* 危险度：0　* 年龄：任何年龄
* 噪音：一般　* 场所：任何场合
* 运动量：孩子没有

虽然电话交流是看不见的双方使用的对话方式，但是属相游戏却是彼此用暗号来进行对话的游戏。这是只有孩子和爸爸才知道的暗号，是两个人的秘密。

**游戏方法**　每个人都有自己的属相，十二属相有鼠、牛、羊、蛇、鸡等。

拿我们家来说吧，我和儿子的属相是鼠，女儿的属相是鸡。儿子最近上围棋补习班，下午4点去6点回，大概每天6点30分我就往家里打电话。"丁零零——""喂——你——好——"（孩子累的时候，或是比赛输多赢少心情不好的时候说话就会慢吞吞）这时，我就会用"吱吱"来回答他，因为爸爸是属鼠的，所以发出老鼠的声音。这时候，儿子就会用"吱——哦"来回应我（这是"爸爸，我今天输了很多次心情不好"的暗号），爸爸再发出信号，还是同样的回答，于是爸爸就马上转入对话："儿子啊，今天下围棋很累是不是？""是——"他回答说。爸爸又说："没有关系，下围棋总会有输有赢的，输得多了，实力才会增长得快。"听到这话，儿子来了精神，马上问："为什么呢？"

但是，心情好的日子，又是这样的，丁零零，丁零零——电话铃声响起，孩子问候是："喂，你好！"爸爸发信号："吱吱。"儿子马上一口气"吱吱吱"地说了十个"吱"（意思是"我今天围棋下得很好"）。我们彼此"吱吱"地互换了十多次，有时我们还会用"吱吱"哼一个曲子，或者用强弱来表达，尽情表达了好一阵，再进入对话，提一些已经知道了还装作不知道的问题："今天下棋还不错吧？""是，是，是，是！"儿子响亮地回答。"今天战绩如何？"孩子通常会大声说："三战三胜，大获全胜！"

而和女儿打电话就没有什么意思，女儿已经是青春期的孩子了，玩这个游戏，她太不合拍。我说："吱吱。"她可能是害羞，小声说："唧唧。"赶上心情好的时候，还会"喔喔喔——"地学公鸡回应上两句。如果有朋友在身边的时候，她就说："爸爸，我朋友在旁边呢。"

# 9. 掷标游戏

空闲的时候，想想有没有什么适合一家人一起玩的游戏呢？掷标游戏就比较不错，年龄小的孩子也可以参与。

> 准备物　干净的垃圾桶1个、木筷子20支

游戏方法　将垃圾桶放在距离2~3米远的地方。全家可以分成两个小组比赛，一决输赢，每组拿10支筷子，轮流投。如果孩子很小，就给他一定的加分值，爸爸妈妈站在稍微远一点的地方投。比分不分上下会更有意思，任何一组获胜，都要彼此鼓掌鼓励。如果筷子太轻了，玩得没有感觉的话，就用胶带把两支粘在一起使用。

优点及效果　这是不用花钱，却让全家人乐融融的游戏，可以训练孩子的距离感。

缺点　孩子上了高年级，对这个游戏就不感兴趣了。

# 10. 乒乓球棒球游戏

*危险度: 0　*年龄: 6~12岁
*噪音: 略有　*场所: 客厅
*运动量: 孩子略有

周末不巧赶上下雨或下雪天，没办法，一家人只好呆在家里，孩子们在家里显得很不安分，想和爸爸玩一会儿。如果家中有乒乓球的话，就可以马上来个乒乓球棒球游戏了。

> **准备物**　报纸2~3张、胶带、乒乓球

**游戏方法**　首先把报纸卷起来，做成棒球棒，长度为56~60厘米。爸爸当投手，儿子当击球手。爸爸扔乒乓球，孩子用球棒击球。告诉孩子什么是好球，什么是坏球。孩子在击球的时候，根据方向不同，定好1垒、2垒、3垒。如果打到了特定的部分的话，就定为本垒打。但是6岁左右的孩子尚不能掌握技巧，要扩大安打的范围。几次下来，出乎意料孩子进步得很快。刚开始的时候，不要因为孩子打不好就放弃，要看到孩子是第一次玩这个游戏，还不太熟练，要耐心地陪孩子玩。

**优点及效果**　球打空了或是打中了，都能训练孩子的平衡感，还能培养孩子对新事物的挑战精神。

**缺点**　一开始孩子有些难以适应。

**注意事项**　爸爸尽量将球投到孩子容易击打的位置。

应用动作　用羽毛球拍颠乒乓球，比谁的颠球时间长；用坚硬的书长时间颠乒乓球，比谁的颠球时间长。

# 第四章
# 嬉闹游戏一分钟

　　有时，你什么也不做就是想疯玩一下，扔扔枕头，疯狂嬉闹一下，一家人痛痛快快地笑一阵，心情也就自然而然明朗多了。

# 1. 摔跤游戏

*危险度：略有  *年龄：所有年龄
*噪音：很大  *场所：客厅
*运动量：孩子很多

孩子想疯玩嬉戏的时候，可以准备一个枕头与孩子痛快地玩一回，男孩子特别喜欢这样的游戏。

> **准备物　枕头**

**游戏方法**　有一个大枕头就可以了，爸爸当裁判兼选手，孩子当世界顶级拳击手。首先是出场介绍："世界顶级拳击手24公斤级强强！"这时，儿子跑出来，从凳子上跳下来，并向四面敬礼。之后，"裁判"接着宣布："他的对手是5公斤级的枕头选手！"然后爸爸用枕头装作问候。爸爸用解说的方式开始比赛："当！""世界顶级拳击手强强，在铃声响起之后，马上开始向枕头选手发起了进攻，左攻、右攻、前攻、肘攻。""世界级选手强强突然跳到五斗橱的上面去了，下来的时候用两肘攻击枕头选手，枕头选手被打得晕头转向。他又跳上了椅子，接下来又会有什么样的攻击呢？我们拭目以待，强强跳了下来飞腿踢了一脚，啊，没有踢中枕头选手。"这样玩上五分钟，孩子和爸爸都瘫在地上了。

**优点及效果**　孩子尽兴地玩了一把，心满意足。

**缺点**　爸爸有些累，爸爸的解说技巧决定有趣的程度。

**应用动作**

1. 拳击游戏：从3~5岁开始玩拳击比赛就很有意思了，重点是爸爸的解说实力。要点是孩子当拳击手跳跃，而枕头做适当的防备和攻击。

2. 嬉戏游戏：这个游戏只用一个大枕头就可以了。孩子抱着枕头打滚攻击，爸爸适当地防备，并用枕头攻击孩子。如果能使用自由格斗时常见的动作姿势就更有意思了。当然爸爸的精彩解说为游戏增添很多乐趣。

# 2. 星球大战

*危险度：略有 *年龄：3~5岁
*噪音：很多 *场所：卧室或客厅
*运动量：孩子很多

铺床放枕头的时候，顺便和孩子来个搏战。

准备物　枕头2个

**游戏方法**　这是孩子和爸爸各拿个枕头玩的游戏。爸爸站在一处，把枕头横挡着放在肚脐的位置，孩子拿着枕头从5米远的地方跑过来，枕头和枕头相撞，因为枕头很软，所以不会碰伤。相撞的那一瞬间，使人产生接着撞第二次的冲动。从孩子的立场来看，他费了九牛二虎之力，也没能把爸爸撞倒。正因为如此，所以他还想接着撞一次。在游戏开始之前要充分说明，这样才更有意思。

**优点及效果**　大笑嬉闹会让孩子的情绪一下子活跃起来。

**缺点**　孩子可能会受伤。

**注意事项**　爸爸绝对不能避开，哪怕是开玩笑。

**应用动作**　枕头大战、肉搏战、拳击游戏。

# 3. 斗牛士游戏

*危险度：略有 *年龄：3~8岁
*噪音：略有 *场所：卧室或客厅
*运动量：孩子略有

　　妻子在客厅整理衣物，这时正好挑出几件衣服和孩子一起玩斗牛士的游戏吧！最好挑出红色的衣服，这样效果会更好一些。

> **准备物**　红色衣服

　　**游戏方法**　爸爸当斗牛士，孩子当牛。斗牛士拿着红色的斗篷逗牛，牛跑过来时，斗牛士巧妙地躲开。孩子把两手放在头上像是长了牛角一样，快速地跑过来。如果孩子模仿牛用蹄子刨土的样子会更有意思。还需要牛的怪叫当做点缀。而爸爸则要一直躲着牛的攻击才行。

　　**优点及效果**　可以培养孩子的想象力，孩子可以尽情发泄玩耍。

　　**缺点**　屋里会起很多灰，而且夹杂些噪音。

　　**注意事项**　孩子太兴奋了，容易碰到墙或尖锐的角上面。

# 4. 肋骨演奏

*危险度：0　*年龄：3~8岁
*噪音：略有　*场所：房间
*运动量：孩子没有

早上，孩子赖在床上不肯起来，妈妈常常为此很头疼。这时，不妨用一个自然有趣的方法叫孩子起床吧！

**游戏方法**　把孩子的身体当作各种乐器，肋骨是吉他，肚子是大鼓，屁股是小鼓，两腿是三角铁。爸爸哼着童谣用两手演奏孩子的身体乐器，一开始要慢一些，不一会儿，孩子就自然地睁开眼睛了。不用让孩子马上就起床，保持平和的心态是非常必要的。孩子从睡梦中醒来睁开眼睛以后，演奏就得更强一些。

**优点及效果**　可以叫孩子愉快地起床，这是家人能获得彼此信任的良好契机。

**缺点**　多少要花一些时间。

**注意事项**　不要突然叫醒孩子，仔细观察孩子醒来的过程，非常有意思。急于叫醒孩子，会引发孩子的反抗情绪。

# 5. 用报纸话筒叫醒孩子

* 危险度：略有　　* 年龄：3~5岁
* 噪音：几乎没有　* 场所：卧室或客厅
* 运动量：孩子没有

早晨催促孩子起床，可能对妈妈来说是一件厌倦的事情。那么，爸爸就用小时候玩的纸话筒游戏来叫孩子起床吧！

准备物　报纸

**游戏方法**　把报纸卷成长2米，直径5厘米的圆筒。早上，用这个话筒在孩子耳边唱歌也行，提问也行。因为纸话筒传出的声音比较响亮，所以，听的人不容易忍很长时间。要有与孩子对话的心态，这样成功的概率才会高。最好，事前要告知孩子，要用话筒叫他起床。

**应用动作**　孩子准备醒的时候，跟孩子讲事前约定的事情。这本来是孩子心里期待的事情，所以孩子一听就会马上醒来。

圆圆的太阳升起来了……

# 6. 蒙眼睛捉迷藏

*危险度：略有 *年龄：全家人参与
*噪音：略有　　*场所：客厅或卧室
*运动量：孩子略有

一家人都呆在家里，有没有什么特别的游戏可以玩呢？这种情况，还是玩一下传统的蒙眼捉迷藏的游戏吧！

准备物　手绢

游戏方法　首先用石头剪子布决定谁先来捉人，然后在定好的空间里，捉的人用手绢遮住眼睛，双手在黑暗中捉，只要碰到谁的身体，就换谁来捉。孩子上高年级，父母捉的时候，要求就要稍微严格一些，但是年纪小的孩子捉人的时候，只要碰到其他人的手就算是捉到了。

优点及效果　空间越小越能让孩子们兴奋得哈哈大笑。遮住眼睛就意味着另外一个世界。这个游戏可以帮助孩子认识新的世界。

缺点　当孩子捉人的时候，有碰着伤着的危险。

注意事项　事前将孩子有可能碰到的东西收起来。

# 7. 过山洞游戏

*危险度：略有　*年龄：3~5岁
*噪音：无　　　*场所：客厅
*运动量：孩子略有

这是一个让孩子感受到紧张和刺激，大声欢笑和喧闹的游戏。

准备物　手绢

**游戏方法**　爸爸用手绢蒙住眼睛，并做好骑马的姿势，3~5分钟之内，孩子在爸爸的两腿间爬过来爬过去。这个游戏也适用于低年级的孩子。爸爸将所有的注意力都放在耳朵上，只有这样才能稍微听到孩子的声音。当判断孩子钻过的时候，蹲下来抓住孩子。如果孩子被抓到了就算输了，接下来继续玩。因为爸爸把眼睛蒙上了，孩子应该不做声悄悄地钻过去。但是在游戏的过程中，孩子总是忍不住要笑出声来，甚至哈哈大笑。爸爸故意做出要抓的动作，如果感觉孩子通过了，就用臀部上下颠一颠确认一下。

**优点及效果**　让孩子有紧张和刺激的感觉，能让孩子尽情欢笑。

**缺点**　孩子不能反过来蒙住眼睛抓爸爸。

**注意事项**　当孩子钻过去的时候，爸爸不能用力压住，以免孩子受伤。

**应用动作**　妈妈也可以穿上裤子来做这个游戏。

# 8. 肚脐纽扣游戏

*危险度：0    *年龄：3~5岁
*噪音：根据孩子的反应，程度有所不同
*场所：客厅或卧室
*运动量：引起兴趣的话，有很大的运动量

这是一个夏天在家里一起打滚的游戏，特别是当爸爸光着膀子躺着的时候，露出来的肚脐便成了游戏的工具。

**游戏方法**　爸爸脱了上衣躺下，用手挡住，让肚脐若隐若现，孩子坐在一旁，看见爸爸的肚脐，就想用手指头去捅一捅。这时候，爸爸左右打滚不让孩子的手指捅进来才有意思。如果这时爸爸还能趁机碰孩子的肚脐的话，游戏就更加有趣了。肚脐被碰到的人，要变成各种动物学它们的叫声，既可以装作牛、猪、马、鸭、鹅这样的动物，也可以装作可怕的野兽。发展到这个程度，游戏已经变成了嬉闹，大家笑着滚在了一起，这时很自然地和孩子有亲密的肌肤接触，之后自然入睡。

**优点及效果**　可以感受到很多的肌肤亲密感，是一个既简单又强烈的运动。

**缺点**　孩子尝到了这个游戏的趣味之后，每次大人在换衣服、伸懒腰、靠着沙发露出肚脐时，会遭到孩子的突然袭击。

看，肚脐露出来了！

# 9. 西部牛仔决斗游戏

* 危险度：0　　* 年龄：6~8岁
* 噪音：略有　　* 场所：客厅
* 运动量：孩子略有

　　每当家里的玩具枪散在地上的时候，孩子就想和爸爸玩打枪的游戏，但是好像没有什么用玩具枪玩的特别游戏。这时，西部牛仔游戏就派上用场了。

> 准备物　玩具枪2支

　　**游戏方法**　想象一下美国西部牛仔。把玩具枪插在腰间，背靠背站着，按事先约定好的步数，先向前走五步或十步，然后转过身来朝对方开枪。事先定好每个人只有一发子弹。所以，开枪的时候，其中一个人装成被打中的样子倒下，而另外一个人要装成避开子弹的样子。样子越酷越有意思。并且，角色要互换，迈步子的时候也要一起数数。当然，也有步子跟不上数数拍子的时候，搞得两个人捧腹大笑。如果放上西部电影的音乐，再戴上宽边的帽子，穿上牛仔裤的话，就会让游戏更有气氛。

　　**优点及效果**　体验一下电影中美国西部牛仔的动作，又紧张又刺激。

　　**缺点**　枪声太大，会打扰妈妈。

　　**注意事项**　中弹倒下时，注意跟前的家具等物品，以免碰伤。

　　**应用动作**　用报纸做成剑，两个人玩击剑游戏。

# 10. 枕头大马游戏

孩子总是喜欢玩新鲜的游戏。当孩子缠着要陪他玩，可你现在挖空心思也想不出什么好玩法，这时，请打开被褥橱看看，里面的枕头可是非常好的游戏工具呢。

> 准备物　枕头（圆枕头效果更好）、粗绳子2~3米

游戏方法　用粗绳子绑住枕头的前端，孩子坐在枕头上，像马向前奔跑一样，孩子口里说"哒、哒"，用手拍枕头后面，这时，爸爸就拽着绳子向前走，孩子说"吱嘎"，爸爸就停下来。孩子说向左转，就向左边走，说向右转，就向右边走。而打转的信号则是"吱嘎"加上举手。事先让孩子熟悉这些信号，这样才更有意思。没有信号就代表继续向前走。

优点及效果　让孩子明白约定和信号的重要性，信号简单容易掌握，孩子就很容易满足。

缺点　会起灰尘。

注意事项　孩子应该牢记约好的信号。

应用动作　枕头拳击游戏。

# 第五章
## 给爸爸充电的一分钟游戏

下了班，爸爸一身疲乏，真想躺在床上休息一会，可是孩子央求爸爸陪他玩游戏。这时候，有没有不让爸爸累的游戏呢？有没有既能陪孩子玩又能增补爸爸力量的游戏呢？

# 1. 听诊器游戏

*危险度：0　*年龄：3~8岁
*噪音：无　*场所：客厅或卧室
*运动量：孩子几乎没有

**游戏方法**　爸爸枕着枕头躺在床上，然后把衣服撩起来，露出肚皮，让孩子把耳朵贴在自己的肚子上，问问孩子有没有听到声音。之后，让孩子说说听到了什么声音。爸爸如果能简单地给孩子讲讲肚子的构造，那是最好不过了。等爸爸缓过精神来后，爸爸也听听孩子的肚子。

**优点及效果**　让孩子对人体的神秘产生好奇心，而且还有肌肤的亲密接触，爸爸不用动弹也可以。

**缺点**　孩子没有什么运动量可言。

## 2. 爸爸腿滑梯

*危险度：几乎没有 *年龄：3~8岁
*噪音：无 *场所：客厅或卧室
*运动量：孩子几乎没有

**游戏方法**　爸爸坐在沙发上，两腿伸直，孩子爬到沙发上沿，像滑滑梯一样，从爸爸腿上滑下来。通常孩子在3岁左右就能在爸爸的帮助下轻松完成这个动作了。

**优点及效果**　孩子玩过滑滑梯，而在爸爸腿上滑滑梯是另外一种感觉，会觉得很有意思，而爸爸没有什么运动量，在休息的同时也可以和孩子一起玩。

**缺点**　因为运动量不是很大，所以孩子可能玩一会就腻了。

## 3. 考拉宝宝游戏

*危险度：几乎没有 *年龄：3~5岁
*噪音：几乎没有 *场所：客厅或卧室
*运动量：孩子几乎没有，爸爸做腿部运动

**游戏方法**　可爱的考拉宝宝总是靠在妈妈的背后，让你的孩子当一回考拉宝宝吧！游戏的方法是，孩子坐在爸爸的脚背上，搂住爸爸的腿，爸爸带着孩子在房间里走来走去。从孩子的立场上来看，爸爸的脚和汽车一样，爸爸的结实健壮让孩子欣慰和满足。可以问问孩子想让爸爸走上几米，当然孩子是回答不出来的。那么，就自然地与这个游戏相结合，解释米的概念。

**优点及效果**　爸爸不停地走动，可以做腿部的运动。

**缺点**　太累了，爸爸坚持不了太长时间。

爸爸，加油！

# 4. 拇指斗架

\* 危险度：几乎没有　\* 年龄：所有年龄
\* 噪音：无　　　　　\* 场所：所有场合
\* 运动量：孩子几乎没有

　　**游戏方法**　这是一个爸爸和孩子用大拇指斗架的游戏。两人将拇指以外的四个手指相扣之后，试图用自己的大拇指压住对方的大拇指。谁先压住谁就赢了，马上打一下对方的手背，这让游戏格外有趣。

　　**优点及效果**　是个简单的游戏，但是却很适合调节气氛，坐着玩也可以。

　　**缺点**　运动量太少。

# 5. 秘密约定

* 危险度：几乎没有　* 年龄：3~5岁
* 噪音：无　　　　　* 场所：客厅或卧室
* 运动量：孩子几乎没有

　　秘密约定简言之就是与孩子的对话，但也属于游戏的范畴。在爸爸疲劳的时候，交谈也是一个不错的主意。

　　**游戏方法**　这个游戏主要用的是对话的技巧，秘密约定就是爸爸与孩子之间的悄悄话。在家中其他成员都在的时候玩这种游戏才有意义。首先爸爸要定下保密的内容。比如，约好哪一天去买孩子喜爱的书，或者爸爸单独和他一起出去玩等等。围绕这个主题，爸爸和孩子用耳语说一番悄悄话，第一次玩这个游戏的时候要事先和孩子谈一谈，并且告诉孩子千万不要泄露秘密。

　　**优点及效果**　有了爸爸和自己的单独约定，有助于孩子在心里形成对爸爸的信赖感，爸爸也不用花什么力气。

　　**缺点**　孩子没有运动量。

　　**注意事项**　一定要遵守秘密约定。

　　**应用动作**　用耳语交谈。

# 6. 眼光大战

\* 危险度：0  \* 年龄：3~6岁
\* 噪音：无  \* 场所：客厅
\* 运动量：孩子没有

爸爸坐在沙发上，想看会儿报纸。这时，孩子跑过来，让爸爸陪他玩，可爸爸真是一动也不想动，怎么办呢？那就和孩子玩玩眼光大战游戏吧！

**游戏方法**　彼此对视，眼睛不动者为胜。定一个不许笑的原则，两个人对视，其中总有一个人不知不觉会笑出来，谁忍不住先笑出来就算输，五局三胜制。虽然时间不长，但是能看到孩子清纯的眼睛是爸爸的喜悦，而孩子长时间地看着爸爸的眼睛也是有意义的一件事。撇开胜负不谈，单是这个游戏就能给父子双方带来笑声，因此趣味性很强。

**优点及效果**　眼睛是心灵之窗，彼此对望是无言的交流，很有意义。孩子的笑声能解除你工作的疲劳。

**缺点**　没有运动量。

**注意事项**　如果孩子注意力过于集中，眼睛容易产生灼痛感。因此，在适当的时候要让孩子眨眨眼放松放松。

**应用动作**　眼球不动，目测距离。

长时间不眨眼，流出眼泪来。

# 7. 金鸡独立

*危险度：0　　*年龄：6~11岁
*噪音：几乎没有　　*场所：客厅
*运动量：孩子略有，爸爸没有

　　当孩子显得浑身不自在的时候，就利用孩子的身体来玩个游戏吧！在这个游戏中，主要是孩子一个人在做，爸爸只是用秒表来计算时间，所以，对于疲劳的爸爸来说，做这个游戏是最妙不可言了。

　　**游戏方法**　孩子金鸡独立站在客厅里。当然，就这样玩一会儿就腻了。那么爸爸就要拿着秒表为孩子计算时间，一般孩子能独立站立20~30秒。游戏的主要目的在于让孩子不断地打破自己的纪录。如果上一次是33秒，这一次的目标就是打破上次的纪录。当然有时候打破不了上次的纪录，重要的是孩子努力比上一次进步的表现。爸爸也需要有正确掐时间的态度。在玩过两三次以后，孩子累了，就可以结束了。千万不要吝啬称赞，如果孩子打破纪录的话，给孩子一些小奖励。

　　**优点及效果**　使孩子为自己的能力提升而感到自豪，为打破纪录而自发努力。同时训练孩子注意力集中和身体平衡的能力。

　　**缺点**　运动得太少。

　　**注意事项**　应当明确告诉孩子游戏的原则，纪录的标准。站在地上的脚动了为出局，上身摇晃无所谓。

　　**应用动作**　蒙上眼睛的金鸡独立，和爸爸比试金鸡独立。

# 8. 蒙眼睛的金鸡独立

*危险度：几乎没有　*年龄：6~11岁
*噪音：无　　　　　*场所：客厅
*运动量：孩子略有，爸爸几乎没有

　　在孩子掌握了金鸡独立的方法后，试着进一步挑战怎么样？蒙上眼睛做金鸡独立，又是另一种体会哦。爸爸只要拿着秒表测时间就可以了。但是，事先要和孩子明确说好规则。

> **准备物**　手绢

　　**游戏方法**　首先说明游戏的方法是什么。孩子一只脚站立，爸爸用秒表来测时间。孩子眼睛蒙上手绢或其他能遮住眼睛的东西，一听到爸爸发出信号，孩子就开始抬起一只脚。还有一点，因为这是一个破纪录的游戏，所以在开始之前，一定要将以前的纪录告知孩子。三四次后，孩子感到疲乏，就可以停止。要记住不要吝于赞美啊，还要将正确的纪录告知孩子，一旦孩子打破了纪录，就要给些小奖品加以鼓励。

　　**优点及效果**　孩子为自己的能力提升而感到自豪，训练孩子的注意力集中能力、肢休平衡感和身体调节能力。孩子自发地为打破纪录而努力。

　　**注意事项**　应当明确地将原则告知孩子。

# 9. 脚趾胳肢神功

* 危险度：0　　* 年龄：任何年龄
* 噪音：略有　　* 场所：卧室
* 运动量：孩子略有

有些无聊，又没有什么好玩的，爸爸正在和孩子一起看电视，这时候做一个滚成一团的小游戏吧！

**游戏方法**　爸爸用脚指头胳肢孩子的腋窝、大腿和脚底，孩子吓一跳，感到很意外。一开始不知如何反抗，后来就学着爸爸的样子，用小脚丫攻击爸爸了。那么，爸爸就进入第二阶段——脚趾剪刀神功，用脚大拇趾和食趾当夹子轻轻夹住孩子身体各个部位。这时孩子也想学爸爸的样子用脚趾夹爸爸，可是怎么也学不来。孩子有些委屈，有些恼怒，一定会全力反扑攻击爸爸。最后，爸爸将如何用脚趾夹的功夫要领教给孩子，孩子马上就能学会并应用了。

**优点及效果**　在郁闷的时候也可以使用这个游戏调节心情，可以与孩子有很多的亲密肌肤接触。

**缺点**　如果事先没有洗脚，就会令人反感。

**注意事项**　动作应当轻柔缓慢，因为突然袭击的话，孩子不知道是游戏，就逃跑了。

**应用动作**　肚脐纽扣游戏。

# 第六章
## 调节孩子情绪的一分钟游戏

　　在孩子觉得委屈的时候，心情不好的时候，被妈妈责怪哭的时候，爸爸挺身而出，来彻底改变一下孩子的情绪。这里介绍的游戏，不仅能改变孩子的情绪，还能赢得孩子的心呢。真可谓一举两得！

# 1. 背孩子

* 危险度：0　　* 年龄：3~8岁
* 噪音：略有　　* 场所：客厅或卧室
* 运动量：孩子没有，爸爸很多

**优点及效果**　背孩子那一瞬间，给孩子带来心理上的安全感。对孩子来说，背在身体语言当中，是最舒服的姿势了，而对于爸爸来说，是最不利的了。爸爸看不见孩子，所面对的并非特定的空间，而孩子看见的是爸爸的后脑勺，跟爸爸说话很舒服。因此，爸爸提什么问题，孩子马上就回答，话也多了起来，心中积压的不良情绪得以疏解，心情也会好很多。特别是，在了解孩子内心方面，背孩子有神奇的效果，能解除孩子内心的武装。因此，开始时，单纯地背一背孩子。以后，根据情况的不同，用提问来了解孩子的内心。这种做法很简单，但同时又能与孩子有很多的亲密肌肤接触，是进入孩子内心世界的最好游戏。

**缺点**　开始由于不熟悉背孩子的方法，爸爸会很累，但是背几次后就会习惯，也不那么累了。

**应用动作**　运动器具游戏、横背孩子的游戏。

# 2. 横背孩子

*危险度：略高　　*年龄：3~8岁
*噪音：几乎没有　　*场所：客厅
*运动量：孩子略有，爸爸很多

背孩子走着走着，换一下手把孩子横着背，一定很有意思，孩子的视觉范围一下子改变，同时心情也会改变哦。

**游戏方法**　这是一个背孩子的变异方式，就是横着背孩子。爸爸的左手在身后搂住孩子的颈部，而右手搂住臀部，以这种姿态背着孩子四处溜达。看看孩子在这种情况下，如何和妈妈及兄弟姐妹对话。

**优点及效果**　孩子的心情马上就会好转起来，横着看的视野是一个新经验，因而，孩子内心也会有所改变。

**缺点**　很难长时间坚持。

**注意事项**　爸爸情绪不好的时候，不适合玩这个游戏。要留意不要把孩子摔在地上。

**应用动作**　背孩子、凯旋将军游戏、转风车。

# 3. 凯旋将军游戏

*危险度：0　*年龄：3~5岁
*噪音：略有　*场所：卧室
*运动量：孩子略有，爸爸有点大

孩子有伤心事的时候，玩玩这个游戏，会让孩子产生快乐因子，心情也由阴转晴。

**游戏方法**　这是背孩子的另一种延伸玩法。在背孩子姿势的基础上，让孩子伸开两腿，爸爸用两手抓住孩子的脚掌。在这个游戏中需要一些表演，否则单调地走来走去没有什么意思。家里如果有玩具剑的话，就设定孩子拿剑打倒敌人的情景，而爸爸则负责用手托住孩子的脚底，并上下运动，那么孩子就会兴奋地大声尖叫！

**优点及效果**　对于扭转孩子的情绪很管用，在短时间内让孩子心情愉快。

**缺点**　爸爸如果不设定假想的情景，就会很单调乏味。如果孩子太沉也不能玩很长时间。

**注意事项**　爸爸会很累，所以玩上一两分钟即可。

**应用动作**　背孩子、运动器材游戏、横背孩子。

# 4. 被子摇篮游戏

*危险度：略有　*年龄：3~5岁
*噪音：几乎没有　*场所：卧室或客厅
*运动量：孩子没有，爸爸妈妈很多

孩子哭泣的时候，需要改变周围环境的时候，或有必要唤起孩子注意力的时候，试试这个实用的游戏吧！

> 准备物　薄被子

**游戏方法**　这个游戏需要一个孩子盖的小被子或薄褥裸，让孩子躺在上面，父母面对面各抓住被子的两角，抬起来轻轻地左右摇晃着走动，同时让孩子唱个歌。开始这个游戏之前和孩子约好，这个摇篮只有在里面唱歌才会开动。被爸爸妈妈这样抬起来走动，是多么愉快的事情啊。

**优点及效果**　孩子的情绪立即就好转了，并且能唤起孩子的注意力。

**缺点**　时间长的话，爸爸妈妈都很累。

**注意事项**　走动的时候注意别伤着孩子。

# 5. 坐飞机游戏

*危险度：略高　　*年龄：3~5岁
*噪音：几乎没有　*场所：卧室或客厅
*运动量：孩子略有，爸爸主要做腿部运动

这是让孩子飞到高空，改变看事物的视角的游戏，会让孩子很兴奋哦！

**游戏方法**　爸爸平躺在被子上，双手拉住孩子的两手，同时用脚面抵住孩子的肚子，然后用脚把孩子举起来。孩子就会有飞一般的感觉哦！现在飞机要起航了，问问孩子要去哪里，然后说"出发，嗡——"，就把孩子举起来，停10~20秒以后说到达目的地了，放下孩子休息一下。孩子说还想飞的话，就再问他想去哪里，如此反复玩几次。

**优点及效果**　用爸爸的脚把孩子举高，从孩子的立场上来看，真的有飞起来的感觉，非常愉悦。

**缺点**　只用脚可能有些单调，根据家庭情况，可以用影像或讲故事的方法引起孩子的兴趣。

**注意事项**　孩子可能会跌到地上，所以一开始一定要在被子上玩耍。

**应用动作**　飞机不仅往前飞，往左往右飞飞也很有趣。假设台风来了，飞机颠簸很厉害的玩法也值得一试。

# 6. 蚱蜢蹬腿游戏

*危险度：几乎没有　*年龄：3~5岁
*噪音：没有　　　　*场所：沙发或床上
*运动量：孩子几乎没有，爸爸的脚步运动很多

　　孩子在一旁央求陪他玩，而爸爸今天也精力充沛的话，就和孩子玩玩这个游戏怎么样？

　　**游戏方法**　爸爸仰卧，两膝蜷缩至胸前，将孩子置于脚踝处，令其搂住爸爸的小腿，之后，爸爸的腿部就上下做类似蚱蜢蹬腿的动作。爸爸可以陪孩子玩上5分钟左右。不仅如此，还可以让孩子唱唱歌，玩一会儿爸爸累了就小睡一会儿犒劳一下自己。

　　**优点及效果**　爸爸虽然很累，但还是能坚持陪孩子玩，因此能让妈妈很满意。孩子一旦知道爸爸身强力壮，心里十分踏实，会对爸爸刮目相看呢。

　　**缺点**　孩子的胸部可能会疼痛，事先垫上一块毛巾可以缓和。

　　**应用动作**　不仅让孩子唱歌，也可以提一些问题让他回答。

# 7. 小飞天游戏

* 危险度：略有　　　* 年龄：3~5岁
* 噪音：几乎没有　　* 场所：沙发上面
* 运动量：孩子很多

孩子渴望和爸爸玩的时候，那就痛快地和孩子玩一把吧，这会让家庭的气氛喜洋洋！

**游戏方法**　一定要在沙发上玩这个游戏，让孩子站在沙发上，与爸爸面对面，爸爸将两手分别扶在孩子的腋下，之后高高地把孩子举上去，好像小飞天飞上天一样。如果单靠爸爸一个人使劲，就会很累，一定要教会孩子怎么借助沙发的反弹力上腾的方法。这样一来，爸爸就不用过于消耗体力了。

**优点及效果**　在扭转气氛的时候很管用，既简单又容易。

**缺点**　孩子如果没能掌握蹬沙发反弹的方法，爸爸就会不耐烦。

**注意事项**　孩子还小的时候，尚不知反弹是什么意思，那么爸爸就要告诉孩子腿向下弯曲蹬直后得到反弹的力量的方法，应当多讲几次，直到孩子理解。

**应用动作**　一般做到10~20次后，孩子就累了。等游戏结束后，把孩子斜放在沙发上就可以了，告诉他游戏结束。

# 8. 大手秋千

*危险度：几乎没有　*年龄：3~5岁
*噪音：几乎没有　*场所：卧室或客厅
*运动量：孩子略有，爸爸有手臂的运动

傍晚下班回家，孩子高兴地扑过来，爸爸爱抚一番之后带着孩子玩一个简单轻松的游戏吧！

**游戏方法**　简言之，就是爸爸高大的身体变成秋千，让孩子背对自己，将两手从孩子腋下穿过，十指相扣于孩子胸前，让孩子在爸爸的两腿中间前后摇晃，这就成了大手秋千。

**优点及效果**　大手秋千向后荡虽然有局限，但是向前却可以荡得很高很高，这也是孩子满意度提升的一瞬间。因此，这对于扭转孩子的低落心情很有用啊，这是一个简单的游戏，是一个让孩子心满意足的游戏。

**缺点**　爸爸的胳膊容易疲劳，因此要玩得适当。

**注意事项**　如果孩子害怕就不要硬举得太高了，还要注意孩子的表情变化。

**应用动作**　让孩子跟着数数。

# 9. 运动器具游戏

*危险度：略高  *年龄：3~5岁
*噪音：几乎没有 *场所：卧室或客厅
*运动量：爸爸很多

孩子想和爸爸痛快地玩上一回，而爸爸也想好好表达爱意的时候，玩这个游戏就是最恰当不过了！

**游戏方法** 孩子变成某种运动器具，而爸爸就是操作这运动器具的人。比方说，抱着孩子跳的运动，把孩子当作杠铃高高举到头顶的运动，背着跑的运动，还可以把孩子的肚子放在爸爸头上原地打转转。

**优点及效果** 爸爸得到充分的运动，而孩子往往在这之后，还央求爸爸陪他玩别的游戏，因为太有意思了，还能让孩子乐得透不过气来呢。

**缺点** 爸爸的体力消耗很大，所以要适当玩一玩。另外，这个游戏有一定的危险性，因此，一开始玩简单的游戏，再逐渐增加难度。

**应用动作** 如果爸爸需要减肥的话，背着孩子上楼梯也很不错，但是，下楼的时候，最好是坐电梯。

# 10. 拔个子

*危险度：0　　　　　*年龄：任何年龄
*噪音：几乎没有　　　*场所：卧室或客厅
*运动量：爸爸较多

　　孩子在成长的过程中，难免会出现打架的状况，结果自然就有胜者和败者了。特别是做失败者的，可能情绪反应激烈，或可能有很多的压抑，而爸爸和孩子玩这个游戏有助于化解他的压力。

　　**游戏方法**　关于打架的事情，爸爸要一律闭口不谈，只是对孩子说，你的个子如果能再长高一些就好了。之后对孩子说，爸爸要把你的个子拔高一些，把手伸过来，把腿也伸过来。孩子把胳膊伸过来之后，爸爸像按摩一样，用手轻轻地向下握一握，揉一揉。孩子把腿伸过来的时候，也用同样的方法。一边做，爸爸一边不要忘了说："如果你的个子快点长高一些就好了。"

　　**优点及效果**　孩子把注意力放在爸爸爱抚的部位上，逐渐学会调整自己的情绪，因为肌肤亲密接触很多，孩子就更喜欢爸爸了。

　　**注意事项**　不要谈打架的事情，只说有关孩子个子的事情。

　　**应用动作**　量个子。

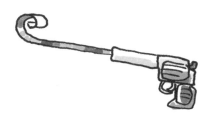

# 第七章
# 稍微动一动
# 就能带来快乐的一分钟游戏

　　不一定需要大的排场，只做很小的动作也可以让孩子高兴起来。爸爸和孩子都玩累了，暂时休息的时候，稍微动一动就能带来很大的效果。

# 1. 脚劲较量

* 危险度：0　　* 年龄：6~11岁
* 噪音：略有　　* 场所：卧室或客厅
* 运动量：孩子略有

爸爸和孩子在房间里或客厅里滚在一起的时候，可以玩一玩这个游戏。

**游戏方法**　爸爸和孩子，脚心相对，互相用力抵，看谁的力量大。其实是考验一下孩子的力气有多大。首先，要对孩子说，让爸爸看看你的力气有多大，然后提议用脚推的比赛。在比赛过程中，需要爸爸用夸张的姿势和孩子对峙，而且一定要告诉孩子他的力气可真不小。

**优点及效果**　孩子得到爸爸的称赞，心情也随之变好了，自信心也油然而生。短暂的时间，能量瞬间迸发了出来，还增加不少肌肤接触的亲密感。

# 2. 手掌较量

*危险度: 几乎没有　*年龄: 3~8岁
*噪音: 略有　　　　*场所: 卧室或客厅
*运动量: 孩子略有

爸爸下了班，一推开门，感觉家中的气氛有些异样，可能是孩子刚刚吵过架，整个空气都像凝固了一样。爸爸快来活跃气氛吧!

**游戏方法**　爸爸和孩子站立，用手掌推对方。首先爸爸要对孩子说: "让爸爸看看你的力气有多大。"孩子要显示自己比从前力气更大了，而使出全身的力气，那么，爸爸一边和孩子比手劲，一边用数值或大中小来表示孩子力气增大了多少。在比试期间，爸爸要一直谈论孩子的力气，这一点非常重要，在感受孩子力气消耗程度的同时调节自己的力气。爸爸要根据孩子的力气来均衡地调节自己的力气，故意被孩子战胜才好。

**优点及效果**　孩子力气消耗得很多，游戏玩一分钟左右就会让他心满意足了，如果休息了一会后，孩子还要求再来一次的话，就多陪孩子玩一次。爸爸几乎不费什么力气。

# 3. 开火车

*危险度: 0　　*年龄: 3~5岁
*噪音: 几乎没有　*场所: 卧室或客厅
*运动量: 孩子几乎没有，爸爸略有

爸爸的精神状态不错，正好孩子又想和爸爸玩，就试着玩玩这个开火车的游戏吧。听到孩子的歌声，爸爸的心情更好了。

**游戏方法**　孩子面对爸爸，将两脚分别踩在爸爸两只脚的脚背上，爸爸的两手抓着孩子的两手，或者孩子搂住爸爸的腰。这样，两人步调一致地在房间里转悠转悠，而孩子则要一边走一边唱歌给爸爸听才行。歌的节拍跟步子的节拍很合拍，并且很像过去火车的声音，所以玩起来非常有意思。

**优点及效果**　爸爸和孩子有自然的皮肤接触，增强了交流，还可以欣赏孩子的唱歌水平。

**缺点**　孩子的运动量太小。

**应用动作**　背孩子。

# 4. 膝盖较量

*危险度：略有  *年龄：7岁以上
*噪音：很多  *场所：卧室或客厅
*运动量：孩子很多

　　孩子每增长1岁，身体都会发生变化，6~7岁的时候，身体平衡感敏锐，也逐渐掌握了熟练使用身体各部分的技巧。那么，等孩子长到7岁以上，就尝试和他玩多种姿势的游戏吧！

　　**游戏方法**　两人平躺在地上，抬头看对方，蜷起腿，压倒对方的膝盖。当然，开始的时候，爸爸会赢。这个游戏需要夸张的动作，三局两胜。因为姿势不太舒服，所以游戏无法持续太久。身体这个部位是平时不太使用的，游戏时间虽短暂也会很有意思。孩子只有到了7岁以上才会觉得这个游戏有意思。

　　**优点及效果**　可以使用身体的多个部位。

　　**缺点**　使用平时不太用的肌肉运动，时间过长会很累。

# 5. 推掌游戏

* 危险度：0　* 年龄：6~12岁
* 噪音：很多　* 场所：卧室或客厅
* 运动量：孩子很多

在狭小的空间也可以与孩子玩个小游戏。

**游戏方法**　两人面对面站立，相隔50厘米左右，试图用两手推倒对方。只能碰对方的手，碰到其他地方为败，脚动了也算败。敏锐地观察对方的动向，用借用对方力量或反攻的方法取胜。其实胜败不是主要的目的，这个游戏的目的是要训练孩子柔韧地活动自己的身体和掌握灵活运用自己身体部位的方法。一般采取三局两胜制，而且要等孩子上了小学再玩这个游戏。

**优点及效果**　即便在狭小的空间里，也可以有效地与孩子玩耍。

**缺点**　爸爸力量使用不当的话，会不小心伤到孩子。

# 6. 大麦小·麦游戏

* 危险度：0　* 年龄：6~12岁
* 噪音：无　　* 场所：所有场所
* 运动量：孩子略有

坐火车出远门，不要闷坐着，趁这个机会玩个小游戏吧！

**游戏方法**　爸爸两手的手掌底部挨在一起，手指向外张开像花一样，孩子的小拳头进出这个手掌花心。如果孩子说"小麦"的话，爸爸就合拢手，抓住它。如果说"大麦"的话，抓住也无效。因为孩子的年龄小，可以在恰当的时候换一下角色。当孩子说"小麦"的时候，也似抓非抓，假装没能抓住，孩子就很得意。在孩子的小拳头进来的时候，一定要大声喊"大麦"或者"小麦"。

**优点及效果**　马上就能扭转孩子的心情，即便在小的空间里也可以尽情玩耍。

**缺点**　运动量很少。

**注意事项**　这个游戏很难持续5分钟以上，请准备其他的游戏。

# 7. 螃蟹钳子剪剪剪

*危险度：0　*年龄：3~5岁
*噪音：无　　*场所：任何地方都可以玩
*运动量：孩子几乎没有

坐地铁出门的时候，或在家有闲暇的时候，可以玩玩这个游戏。

**游戏方法**　孩子的手做出各种各样的动作，而爸爸试图用两只手的指头剪到它。首先，孩子的两手握拳，两拳合并；爸爸先是握拳，伸出来的时候变成剪刀，左手朝上剪，右手朝下剪，突然两手上下交替转换方向，将孩子的两个小拳头分开。第二次，孩子松开拳头，掌心向下，只有食指相连，爸爸还是用剪刀手试图分开孩子的两手。第三次，孩子的手掌心向上，只有小拇指相连，爸爸试图用剪刀手分开它们。第四次，孩子的两拳合并，爸爸用两把剪刀手一上一下将它们分开。

**优点及效果**　因为只是用手指玩的游戏，所以，对于转变心情很有帮助，是个特别适合在狭小的空间里玩的小游戏。

**缺点**　游戏时间太短，运动量太小。

**应用动作**　爸爸做完以后，和孩子互换角色。

# 8. 嘀嗒嘀嗒游戏

*危险度：0　*年龄：3~5岁
*噪音：几乎没有
*场所：任何地方都可以坐着玩
*运动量：孩子几乎没有，爸爸略有

爸爸很累，可孩子一直缠着让爸爸陪他玩，那么，爸爸就上身靠着墙，半躺着和孩子玩玩这个游戏吧！不会很累哦，而且，这个小游戏可以互换角色，还会让你听到孩子清脆的笑声。

**游戏方法**　两人坐在地板上，首先爸爸将两手放在地板上，左右摆动，像钟摆一样，孩子的手则悬在30厘米之外的上空，等到爸爸的手来到自己手下方的时候，朝下拍。爸爸一边摆动手，一边嘴里发出模仿钟表"嘀嗒嘀嗒"的声音，而且在孩子往下拍的时候也可以躲避，如果孩子没有拍到，就互换角色接着玩。

**优点及效果**　虽然是个小游戏，但是却有拍打和躲避的刺激感。因为是一个爸爸疲乏的时候陪孩子做的小游戏，所以可以根据孩子的情况调节时间的长短。

**缺点**　游戏的时间太短。

**注意事项**　只是单纯地拍和躲就没有什么意思了，需要爸爸做一些夸张的动作。

# 第八章
# 激烈运动的趣味一分钟游戏

十分钟温和游戏的效果，远不如一分钟爽快游戏的效果。和精力充沛的孩子痛快地玩上一阵子，让孩子累得骨头架子都要散掉怎么样？

# 1. 慢吞吞的小蜥蜴

* 危险度：略有　* 年龄：6~11岁
* 噪音：几乎没有　* 场所：整个房间
* 运动量：孩子很多

爸爸想休息一会儿，可是孩子却想和爸爸玩，爸爸只消拿出五分钟，今天的游戏任务就可以完成了！

**游戏方法**　你见过蜥蜴爬行的样子吗？这个游戏的灵感就是源自它。让孩子伏在地上，爸爸抓住孩子的双脚，之后让孩子用双手向前爬。要注意不要把孩子的脚抬得太高，这样会有危险。孩子像小蜥蜴一样在房间各处走动，手部运动、腰部运动都很多。爸爸可以称赞说这个小蜥蜴爬得可真棒，如果妈妈在场，孩子还会跟妈妈炫耀自己的表现呢。

**优点及效果**　这不是一般的走路，而是用手臂走路，孩子非常喜欢这一点。向兄弟姐妹夸耀一番也是这游戏不可缺少的趣味啊。事先和孩子妈妈说明游戏的特点，让她也能协助赞一赞孩子。虽然爸爸不费力气，但是孩子可能会累得筋疲力尽，这一天的游戏任务也可以就此告终了。

**注意事项**　爸爸用双手抓孩子的双脚来回走的时候，应当注意高度适中，不要伤了孩子的腰。

# 2. 驯牛竞技游戏

*危险度：略有 *年龄：3~8岁
*噪音：略有 *场所：可以铺被子的地方
*运动量：孩子和爸爸都很多

爸爸和孩子的状态都很好，想要发散发散能量的时候，这就有一个合适的游戏。

**游戏方法** 驯牛竞技就是看谁能在没有驯化的牛身上，骑得最久的竞技比赛，而我们这个游戏的灵感就来自这个竞技。首先在地上铺好被子，以防出现事故。爸爸采取牛站立的姿势跪在地上，孩子趴在爸爸的背上，用两手紧紧抓住爸爸的脖子保持平衡。爸爸一开始慢慢摇晃，之后摇晃幅度大一些，中间把孩子摔下来几次，爸爸的上身稍抬高，左右摇晃也不要紧。根据孩子的年龄大小，调节摇晃的强度和力度。十分钟后，爸爸太累了，就将孩子轻轻地甩下来，跟孩子说说话，稍做休息，以便积蓄力量继续玩。

**优点及效果** 这是一个身体亲密接触的游戏，增强与孩子的亲密感。

**缺点** 会出很多汗。

**注意事项** 第一次做这个游戏的时候，一定要注意安全。

**应用动作** 爸爸一边慢慢往前爬，一边玩这个游戏也很好。

# 3. 大逃脱游戏

*危险度：略有　*年龄：6~11岁
*噪音：略有　　*场所：客厅
*运动量：孩子很多，爸爸略有

　　孩子身体和心里都很痒痒的时候，这个游戏可以治他的病哦，有两个孩子一起玩的时候更有意思。

　　**游戏方法**　爸爸靠在沙发上坐着，抱着孩子，用两手夹住孩子的胸部，腿也盘上来，紧紧地夹住孩子的腿，不让孩子逃跑。孩子一动都不能动的时候开始进行游戏，孩子逃脱了就算赢，游戏也就结束了。爸爸的力气毕竟很大，所以要掌握好力度，孩子如果上身逃脱了，就牢牢地抓住孩子的腿脚，不让孩子逃掉。

　　**优点及效果**　孩子们非常喜欢这个游戏，有很多的运动量和肌肤亲密接触。

　　**缺点**　如果太用力，会伤到孩子。

　　**注意事项**　孩子想要挣脱，想要抓住什么东西的时候，一定要小心，爸爸如果太用力，会伤到孩子的骨头。

　　**应用动作**　如果有两个孩子一起做这个游戏更有意思。

# 4. 猴宝宝荡秋千

*危险度：略有　*年龄：6~8岁
*噪音：略有　　*场所：客厅或卧室
*运动量：孩子和爸爸都很多

孩子来到爸爸面前，请求爸爸陪他一起玩，这时爸爸总得陪孩子玩一下，玩什么游戏才好呢？就让孩子当猴宝宝在爸爸身上荡秋千吧，它会消耗孩子的不少能量。

**游戏方法**　爸爸站立，两手交叉放在脑后，孩子用胳臂绕住爸爸的胳臂，十指相扣，孩子就像猴宝宝一样吊在爸爸的胳臂上了。爸爸用计时，或用数一、二、三的数数方法，看看孩子能坚持多久。如果以前有这种活动的记录的话，就一定要事先告诉孩子从前的成绩是多少，并且，这次打破纪录的话，还要给些小奖品。

**优点及效果**　增加父子之间的肌肤亲密感，培养孩子身体的调节能力，让孩子知道爸爸的身体是孩子很好的游乐场。

**缺点**　彼此消耗的力气都很多。

**注意事项**　开始玩的时候，地板上最好铺上地毯之类柔软的东西。

**应用动作**　转风车。

# 5. 爬上爸爸树

*危险度：略有　　*年龄：3~5岁
*噪音：几乎没有　　*场所：沙发上
*运动量：孩子很多，爸爸一般

　　爸爸下班回到家，坐在沙发上小憩一会儿的时候，孩子走过来说："爸爸，陪我玩好吗？"爸爸没有马上痛快地答应孩子，就顺着孩子自己的意思玩一次吧！孩子可能把爸爸当作树，开始往爸爸的身上爬呢！

　　**游戏方法**　　当孩子往身上爬的时候，爸爸要用手托着孩子，注意不要让孩子摔着。那么孩子最先从爸爸的膝盖开始向上爬，爬到肩膀上，甚至头上。当孩子爬到头上以后，爸爸站起来，扛着孩子转一圈后，再把孩子放在沙发上。孩子又一次爬上爸爸的身上，孩子若觉得有意思，就多玩几次好了。因为爸爸不是很累，所以孩子的要求能得到满足。

　　**优点与效果**　　可以培养孩子身体均衡和调节的能力。爸爸即使不做什么，孩子也会自己决定该做什么。

　　**注意事项**　　在孩子往爸爸身上爬的时候，一定用手来托住孩子。

　　**应用动作**　　在沙发上玩小飞天的游戏。

# 6. 两手抬地球

*危险度：略有　*年龄：6~11岁
*噪音：略有　*场所：客厅
*运动量：孩子很多，爸爸略有

爸爸很累，但孩子却有些过于兴奋，这时，爸爸提议玩个抬地球游戏吧！

**游戏方法**　这是将孩子倒立看成是两手抬地球的一种游戏。在孩子倒立的那一瞬间特别要注意安全，为安全起见，爸爸帮助孩子弯曲上体，用手扶着孩子的腰，倒立之后就安全了。爸爸在一旁测测孩子能把"地球"抬起几秒钟，几次之后，孩子就能掌握动作的要领，甚至能用一只手抬起"地球"了。想要再提高能力的话，还可以用两臂或单臂弯曲着支撑。根据情况的不同，爸爸可以慢点数时间，也可以快些数。根据孩子的情况也可以开一些适当的玩笑。结束的时候，一定要把孩子抬"地球"的时间告知孩子。

**优点及效果**　孩子居然能把地球抬起来，是多么令他骄傲的一件事啊，一定要告诉孩子的成绩是多少，而爸爸不费一点力气。

**缺点**　孩子可能会伤到，所以一定要谨慎小心。

# 7. 飞吧！超人

* 危险度：略有　* 年龄：5~8岁
* 噪音：略有噪音　* 场所：宽敞的房间或客厅
* 运动量：孩子很多

　　外面天气不好，孩子在家里按捺不住，可爸爸偏偏想要睡一觉好好休息休息，而这个游戏就是专门为这时候设计的。

---

**准备物　几床大被子**

---

　　**游戏方法**　从椅子上往被子上跳，原本孩子在落地的时候，上体碰到地面才会减轻冲击力，但是这会伤到孩子，所以，刚开始做这个游戏的时候，爸爸一定要加倍注意孩子的安全。首先，椅子必须是固定而结实的，如果椅子不固定，孩子跳的时候会很不安全。一开始，从椅子上跳下来的时候，先是用脚着地，等孩子熟练了，就可以用上身着地。要想使这个游戏的安全系数高一些，最好多垫一些被子，厚度最好也得30厘米左右，这样孩子才不会伤到。被子的面积也很重要，因为孩子兴奋了可能会到处乱跳。因此，事先要将游戏的方法充分介绍给孩子。一般玩一次游戏要10~20分钟的时间。5分钟过后，孩子就开始出汗了，但很多时候孩子都想接着玩。爸爸在一旁注意提醒孩子安全就可以了。孩子到8岁以后会跳远了，所以爸爸也要有这方面的准备。

　　**优点及效果**　爸爸不太费什么力气，孩子也玩得尽兴，直到累得不愿意动弹为止。

缺点　起灰太多。

注意事项　特别要注意安全，要准备结实的椅子和厚度30厘米以上且面积大的被子。三四岁的孩子在一旁观看哥哥姐姐玩耍，只能做简单的下跳动作，用脚着地。但是，这个游戏一定是给身体健康的孩子做的。

# 8. 知了游戏

*危险度：略有  *年龄：6~8岁
*噪音：几乎没有  *场所：卧室或客厅
*运动量：孩子很多，爸爸略有

孩子像知了一样黏在爸爸身上，叫爸爸陪他玩，可是有没有什么既不累又合适的游戏呢？那么，就来玩玩这个知了游戏吧！

**游戏方法**　知了紧紧地贴在树上"知了——知了——"地叫，让孩子也黏在爸爸身上，看看他能坚持多长时间，爸爸大概数数算时间，以5秒或10秒为单位也不错。几次以后就激起了孩子刷新纪录的竞争意识。假如上一次是35秒的话，这一次是38秒，比上一次多3秒。虽然孩子试图不掉下去，紧紧地抱住爸爸的脖子，但是重力的作用让孩子很难坚持1分钟以上，爸爸只要保持站立的姿势就可以了，没有必要特意帮助孩子，几次过后孩子就累得玩不动了。这个游戏好在爸爸不用消耗什么体力，爸爸既可以站着不动，也可以到处走动。重要的是，在开始之前爸爸要说明，不仅要紧抓着，还要像知了一样"知了知了"地叫，计时才算有效。

**优点及效果**　这个游戏作为孩子的运动方式可以打100分，加强了肌肤亲密感，而爸爸几乎不费什么力气。

**缺点**　一般来说，只有孩子得到了运动。

**注意事项**　孩子可能会支撑不住掉下来，因此要特别留意。

**应用动作**　背孩子，孩子太累了不能接着玩的时候，自然地背一背孩子。

# 第九章
# 一分钟户外游戏

　　驾车带着孩子到外面的时候，或走在路上的时候，都可以和孩子一起做个游戏。从河边的一块小石头，到散落在地上的小木棍，都可以成为手中富有创意的玩具，让你展开想象的翅膀，在大自然的空间里，自由地享受与孩子一起游戏的乐趣吧！

# 1. 汽车里的战斗游戏

\* 危险度：0　\* 年龄：3~8岁
\* 噪音：很多　\* 场所：汽车里
\* 运动量：孩子没有

　　驾车出门的时候，坐在后排的孩子无聊地歪扭着身子，这时，爸爸应该发挥才智让孩子高兴起来！

　　**游戏方法**　车一开动的时候，爸爸跟孩子提议说："今天玩个战斗游戏怎么样？"那么，孩子一定会一起大声说："好！"假设对面开过来的车是敌人，爸爸是坦克的驾驶员，儿子是发射导弹的队长，女儿是战斗机操纵师。爸爸根据路面情况，加以解说，并发布进行准备的命令。对面的车开过来的时候，爸爸大声说："准备战斗，敌人走近了！"儿子说："导弹发射准备完毕！"女儿说："队长，突击准备完毕！正在起飞！"

　　在对面的车开近的那一瞬间，大家都假装发动攻击，从飞机上扔炸弹，从导弹部队发射导弹，然后爸爸说："报告攻击结果！"孩子可以煞有介事地回答说："摧毁敌人5辆坦克。""歼灭了敌人战斗机。"

　　**优点及效果**　让孩子感受到紧张和刺激，长途旅行也不那么无聊了。

　　**缺点**　一旦遇到堵车，这个游戏可就没有意思了。

　　**注意事项**　请安全驾驶！

# 2. 汽车之旅中的歌词大窜改

*危险度: 略有 *年龄: 3~5岁
*噪音: 很多 *场所: 汽车里
*运动量: 孩子没有

驾车出门的时候, 爸爸还可以和孩子做做下面的游戏!

**游戏方法** 汽车载着一家人出门, 就成了一家人独自享用的空间了。这是一个受保护不允许任何人打搅的空间。这时候, 来些窜改歌词的欢唱活动蛮不错的。以孩子的歌曲为主, 比如说, 今天原本是一家人出去玩的日子, 可是孩子们多少会睡点懒觉, 就可以把《小燕子》的歌词换成: "小懒虫, 晚起床, 呼呼睡到大天亮, 你问他呀为什么, 他回答, 做着梦就出发啦。"那么从孩子的立场上来看, 爸爸是在说自己, 所以很不好意思, 于是孩子也挖空心思在想歌词, 怎么样才能为自己辩解, 或者怎样才能抓到爸爸的把柄。直接指责对方可能会让他受到伤害, 但是歌曲因为有节奏旋律, 唱起来就委婉得多, 相反还能起到激励的作用呢。改歌词不仅用在批评上, 也可以用在鼓励孩子或给孩子加油的时候。那么孩子也会应和爸爸的祝福。这个游戏在堵车和行驶缓慢的时候很有用的, 窜改歌词需要动脑筋, 再堵车或有车加塞儿也不会恼火, 因为正和爸爸玩有意思的游戏呢。

**优点及效果** 汽车之旅不会太无聊。

**缺点** 孩子若感到厌烦, 游戏就进行不下去了。

**注意事项** 请安全驾驶!

# 3. 打水漂

\* 危险度：0　　\* 年龄：6~12岁
\* 噪音：几乎没有　　\* 场所：湖边或河边
\* 运动量：孩子很多

　　去野外，河边或湖边有很多鹅卵石，这可是打水漂的好工具哦！

　　**游戏方法**　打水漂，众所周知，就是朝水面扔石头，看看石头能在水面上飞几次。首先，选择石头很重要，那种扁扁的，用拇指、食指和中指抓起来正好贴着手指的就是好石头。扔的时候，要弯腰，让石头从下方抛出。扔出去的石头与水面的角度越小，摩擦力就越小，石头飞的次数也就越多。孩子六七岁的话，爸爸就可以将方法教给孩子了，一开始让孩子在一旁观察，数一数石头飞过水面的次数。孩子数着数着，也跃跃欲试，那么就从怎么挑选石头的要领开始教孩子吧！

　　**优点及效果**　掌握了一门新技术，很有成就感。

　　**缺点**　孩子几次都不成功的话，就会气馁。

　　**注意事项**　注意安全！

# 4. 扔石子

* 危险度：0　* 年龄：任何年龄
* 噪音：很多　* 场所：湖边或江边
* 运动量：孩子很多

江水滔滔奔流，岸边静悄悄地躺着一块块石子，这时候，信手拿起一块石子往江里扔也很有意思。不会打水漂的孩子，就算往水里扔扔石子，也乐陶陶。

**游戏方法**　游戏的方式和结果显而易见：用力小，石子飞得近；用力大，石子飞得就远。最有意思的，莫过于石头落水时的"扑通"声。听到这个声音，心里莫名地爽快。玩这个游戏的时候，不要规定只扔几个，孩子喜欢扔多少就扔多少好了。扔过几次后，孩子就掌握要领了。

**缺点**　孩子的手会弄脏。

**注意事项**　湖边或江边有人的时候，一定要小心，以防砸到他人。

# 5. 过石头跳跳桥

*危险度：0 　　 *年龄：3~5岁
*噪音：几乎没有 　　 *场所：湖边或溪边
*运动量：孩子很多

如果湖边或溪边有用一块块大石头摆好的跳跳桥的话，就一定不要错过哦！

**游戏方法**　这个游戏正适合3~5岁的孩子，溪边若有这种石头跳跳桥，高年级的孩子自己一跳一跳地就可以过去了，但是3~5岁的孩子可做不到，他们的个头小，腿也短，当然力所不及，又心存惧怕了，这时候，爸爸拉着孩子的手，来回走上几次，直到孩子喊累了为止。孩子若感觉有意思，一定会嚷着再来一次。如果孩子说害怕，也不要责备孩子，说都几岁了连这个都不敢之类的话。任何人对于新事物都会心存畏惧和紧张不安的。四五十岁的人不会电脑，不是因为电脑很难学，而是心存这玩意儿一定很难学的成见。和爸爸一起走上几个来回，孩子自己也就掌握要领了。你一定会发现，有一天，孩子突然可以自己轻松跳过去了。

**优点及效果**　孩子可以获得成就感。

**缺点**　孩子可能会害怕或马上就累了。

**注意事项**　孩子害怕的话，马上把孩子抱起来。

# 6. 石子砸石头

\* 危险度：0　　\* 年龄：3~5岁
\* 场所：湖边或江边，有石头的任何地方
\* 噪音：几乎没有　\* 运动量：孩子很多

　　身边倘若有很多石子或鹅卵石的话，就玩玩砸石头的游戏吧！

　　**游戏方法**　这是一个对准石头砸石子的游戏。首先在3米开外，放一块大石头，之后挑选二三十个玻璃弹大小的石子，每个人朝大石头轮流扔十个左右的石子。如果要求一样的话，爸爸一定会赢，那么孩子就会起嘟嘟嘴了，这时要改变游戏的方法，爸爸在5米开外扔，而孩子在2.5米开外扔。还是每个人十个石子，这样下来，分数就相差无几了。孩子认为自己跟爸爸的实力"差不多"就兴奋不已。在这个游戏中，要点是爸爸要调节自己的击中率和孩子差不多，只有这样孩子才会有自信心，才会觉得和爸爸玩有意思。

　　**优点及效果**　这是一个在野外轻松玩耍的游戏。

　　**缺点**　爸爸击中率太高的话，孩子就会厌烦这个游戏了。

　　**注意事项**　小心不要妨碍其他的人。

好爸爸是像朋友一样的爸爸，

不是让爸爸丢下权威当孩子的朋友，

爸爸真正的权威，要看孩子对爸爸的信任多少。

先敞开心扉尝试着让自己做孩子的朋友，

一天一个电话，

一天背一次孩子，

就能让孩子感受到自己是爸爸的所爱，

为爸爸所信任。

敞开心扉，
当个好爸爸

★

近来，当个好爸爸真不是一件易事，因为爸爸常常很忙。

爸爸忙了，孩子在家里就没有人陪他玩了，

那孩子就只有去缠着电脑，甚至入学前的孩子就知道拿着父母的手机打游戏了，这些都是爸爸没有陪孩子玩的结果。

★★

怎样才算是"好爸爸"呢？就是当一个"像孩子朋友的爸爸"。

孩子的眼睛常常是明亮的，常常充满了对世界无穷的好奇。

因此，孩子容易被一件小事感动，也容易敞开心扉。

★★★

时光如梭，光阴似箭，孩子转眼就长大了，能陪孩子玩的游戏，在上初中之前。不同年龄有不同的玩法，按照年龄特点，陪孩子玩适合该年龄段的游戏，有助于心灵共鸣的建立，有利于沟通的通畅。一旦和孩子建立了亲密的关系，什么都能成为游戏。如果爸爸以忙为借口疏于陪孩子玩耍的话，等孩子长大了，即使花再多的钱你也找不到和孩子一起玩的游戏了。

★★★★

在孩子成长的过程中，与爸爸交流本身就是人性教育，就是让家庭幸福美满的催化剂。以下介绍的10种方法，是爸爸只要下定决心就可以实践的。哪怕做到两种，你也能成为好爸爸。

# 1. 每天与家人共餐一次

虽然用餐时间都不许说话，但是这一段时间家庭自然产生了凝聚力。

吃饭的时候不要发出声音来！

岁月流逝，人们对过去的怀念，是不是沉默用餐的时间里说的一两句话呢？

近来，爸爸、妈妈、孩子都很忙，别说沉默的用餐时间，就连饭都不能按时吃，在一起吃零食的时间更少了。

老公，饭还没有吃呢～

迟到了，我不吃了～
（匆匆忙忙）

老公，穿上裤子再走啊～

现在哪怕有沉默的聚餐也是好的，每天至少努力保持和家人用餐一次。

孩子，用餐吧！^^

爸爸，什么是用餐啊？

爸爸以看孩子咕叽咕叽吃饭的样子为乐吧！

慢慢吃啊……

爷爷，吃饭了～

咕叽～咕叽～

　　每天设法至少一次与家人一起用餐，在用餐的时候轻松地询问孩子的事情。

## 2.每天给孩子打一次电话

繁忙的爸爸很难与孩子玩耍。

忙忙忙~

但是只要下决心，在公司给孩子打个电话还是不成问题的。

干什么呢？ ^^

全家福

打电话虽然看不到对方的脸，却可以听到对方的声音，虽然看不到对方的表情，却可以交流。

小家伙，干什么呢？

爸爸心情不错吧？

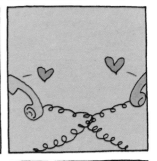

为了和孩子有良好的通话效果，事先从妈妈那里打听一下孩子一天的活动和孩子所关心的事儿。

!!

几点在学习班，最好的朋友是谁，最近他最关心的是……

这样，打电话的时候，可以谈谈孩子关心的事儿。

明后天你是不是去参加跆拳道升级考试？

爸爸，你怎么知道的？

不是单纯的问候电话，询问一下孩子最近所关心的事儿，如果用电话和孩子定一下旅行计划，或立一个可以遵守的约定的话，孩子会很高兴的。

# 3. 每天背一次孩子

众所周知，身体亲密接触是非常重要的。

亲密接触！

但是，身体亲密接触中最好的是什么样的形式呢？

亲吻？

握手？

揉揉？

身体亲密接触最好的方式就是背孩子。

背孩子时，双方接触的面积最大。

真暖和啊～

孩子喜欢骑什么东西？

驾驾驾～

哎呀——

哼哼

背孩子是重要的身体语言。

爸爸的背好宽好温暖啊～

孩子的嘴和爸爸的耳朵距离最近。

我喜欢爸爸!

背孩子就有这样的特权。

我的宝贝~

不可能一辈子总背孩子。

背背你?

不要!

我过两天就40岁了，爸爸!

啊!

背孩子越早越好，一天1~2分钟就足够了。

最好形成习惯，坚持做。

如果爸爸将背孩子这件事生活化了的话，就可以轻松了解孩子的情况了。

你最近有没有喜欢的朋友呢?

有啊，他是……

　　背孩子轻松地建立了与孩子身体亲密接触的关系，爸爸也很自然地询问孩子的事情，也可以问一下孩子周边的环境和情况。

# 4.每个星期领孩子去书店买一次书

即便不能保证一个星期去一次书店，至少也要做到一个月一次。

我们一家人去书店的日子

在给孩子买书的时候，也要学会说"不"，

只要孩子要书，就买给他吗？不是的！

最好是要有给孩子买书的理由。

你帮我们打扫了卫生！你拿了优秀奖！

给你奖励什么呢？

书

绝对不能违背买书的诺言。

你挑一本你喜欢的书，我一定给你买。

耶！

书店

事先规定好书价和数量。但是，既然孩子已经挑了一本书，不能持反对态度。

我要买这个！^^

好，知道了……

← 又是漫画

通过这个过程，可以看到孩子的趣味一点点在改变，孩子也知道了爸爸的内心，体会到了买书的乐趣和喜悦！

我也知道了爸爸的宝贵，今天爸爸买单！呵呵呵……

　　在书店里，爸爸先让孩子看各个领域的书籍，然后让孩子选择自己喜欢的书。如果孩子有什么值得奖励的事情，就约好去书店买书，效果更好。

# 5.每周给孩子读一次故事书

我很忙，很忙，没有时间和孩子玩。

以忙为理由，与孩子之间的交流很少。

给孩子读书是与他们交流的有效方法。

孩子的习惯和兴趣从小就形成了。

孩子在三五岁时所接触的童话故事，给孩子展现了一个新的世界。

给孩子读童话书，还让孩子加深对父母声音的印象。

所以，如果给孩子读童话书的话，孩子也就很自然地跟着爸爸了。

爸爸读的童话书，我最喜欢了！

孩子听童话入睡。

所以王子幸福地……

所以王子幸福地生活！

兔子的故事

星星☆

只是，买书的时候，选择的权利不在爸爸，而在孩子。

这次买这本书！

← 电话号码本

和孩子一起读童话书，使爸爸与孩子有了交流，培养了孩子和父亲的纽带关系。

又先睡着了……

对孩子来说，书的内容并不重要，重要的是孩子体会到爸爸在关心自己。以此为契机，与孩子的沟通也就容易了。

# 6. 每个月与家人一起去一次桑拿浴室

家里的空间有限，孩子玩起来不是那么方便，但是在桑拿浴房的宽敞空间里却可以自由开心地玩耍。

孩子呢？

他们在那边自己玩呢……

而且，一家人在一起是一件多么开心的事情啊。

就好像从很远的地方来玩似的。

在生疏的空间里，一家人睡在一起，这件事情本身也是新奇和有意思的。

呵呵呵～我要在爸爸旁边睡觉。

去之前，也像买书一样，要和孩子谈条件。

数学100分的话！

那我们一家人一起去桑拿浴！^^

等待从美学上来说，就是让人心情激动的事情。

这个星期六！

我要读书～还要吃个烤鸡蛋～还要喝杯冷饮～还要玩游戏～

　　在桑拿浴房里和家人睡在一起，这本身是一件新鲜的事。拿上爸爸和孩子喜欢的书，一起阅读也很有意思。或者谈论一下旅游的计划也很有意义。

# 7. 每年留一份相册

好想看。

？

我想看小家伙4岁时的样子，可是没有什么照片。

那时候，借口忙，没给孩子照几张相。

真的，那时候，孩子真是可爱……

从现在开始，我们要经常照照相，所以我就买了一个数码相机，你看怎么样。

好啊，真的很好～

现在，孩子长大了，他们自己都可以照相了。

从孩子出生那一年开始，就每年给孩子准备一个相册。

大儿子 ①

1岁时照片

相册里放入孩子的第一幅图画作品，幼儿园的活动时间表。

这是什么？

把小时候掉下来的牙也放在里面保存。

这是你的牙，7岁的时候掉下来的第一颗牙。

如果孩子犟嘴，让爸爸伤心的话，

嗯，这么快就到青春期了？

爸爸你都为我做了什么？

就把这几年来为孩子做的相册给他看看。

看……这些都是你的相册！

9本

孩子再也不会说这样的话了。

你朋友的爸爸当中有这样关心他的爸爸的话，让他来见见我！

爸爸…对不起！

孩子转眼就长大了，爸爸花费心思做的相册，是对孩子爱的表现，也可以作为将来孩子教育的指南。

我制作了电子相册

制作相册，是对孩子成长追忆的过程，近来，利用个人网页记录也不错。

## 8. 和孩子一起去澡堂

　　孩子和爸爸一起去澡堂，相互搓澡，是一件心情非常愉快的事情，等孩子到了青春期，可能就会拒绝这样的事情了。那么，事先给孩子讲讲爸爸青春期的事情，告诉孩子那时的身体变化，彼此能有心灵坦诚的交流。

# 9. 周末农场

终于到了星期六!^^

但是感觉不太幸福的时候很多。

第一，支出增多，休息也休息不了……

爸爸，陪我玩~

啊，累死了~

但是孩子盼着和爸爸一起出去玩。

这次我们去哪玩?

这时候，去一次周末农场怎么样?

对于周末农场，不要太贪心，15~30平方米就可以了。

周末农场检索中

这个面积正好。

既然决定了，最好选择一个乡村味十足的地方，最好驾车一小时左右能到达。

真有旅游的感觉~

周末农场，是孩子们尽情欢喜雀跃的地方。

体验农村的生活，还能尽情地跑来跑去玩个开心……

如果很难经常来管理的话，就不要种生菜、蒿子秆之类的绿叶菜，而是种一些比较好伺候的土豆、红薯、花生等，这样不会觉得太费力。

撒种、栽种、收获，一年去上5~6次就可以经营一个周末农场了。

偶尔顺便在周围的农家旅店住一夜，也可以抓抓鱼，看看夜空的星星，观察一下夜晚的萤火虫。

我们种的土豆真好吃~

　　周末农场对孩子来说是一个生命教育的场合，收获的喜悦固然重要，但是与孩子谈论农作物的生长过程更为重要。

# 10. 和孩子一起玩他们喜欢的游戏

怪兽怎么怎么，吃人花怎么怎么
跑跑卡丁车怎么怎么
海面宝宝怎么怎么
水晶连连看怎么怎么
机器人走迷宫怎么怎么~

看啊，现在父子两个一起……

今天和爸爸来个双人打怎么样？

哇！！

不要一味阻止孩子玩游戏，尝试一下和孩子一起玩。和孩子一起玩游戏，可以感受到其中的喜怒哀乐。这样就能更多地和孩子交流。

你最近怎么不太玩游戏了呢？

？

我和爸爸约好了，等我把该做的事情做完后再玩。

♪ 成功！

　　不要一味阻止孩子玩游戏，爸爸也要跟孩子玩一玩孩子喜欢的游戏。孩子一旦感受到爸爸对自己的理解，就会接受爸爸的要求，在家里规定的时间内适当地玩游戏。

以为只要挣钱回家就是尽了义务的爸爸，
一边工作，一边包揽家务和教育子女责任的妈妈，
奔波于各个学习班而难见爸爸一面的子女，
这就是真正家庭的形象吗？
真正的家庭难道不是该彼此理解、相互照顾、同舟共济的吗？
树立爸爸的权威，减轻妈妈的负担，了解子女的内心，
这才是好爸爸的形象，才是营造美好家庭气氛的爸爸，
为此，请你来具体实践家庭生活的十诫命吧！

实践
爱子女、爱家庭的
十诫命

# 1. 能和孩子一起玩的时间也就到小学 三、四年级，所以，在孩子小的时候抓紧时间和他们一起玩吧

强力推荐！西海岸美丽的晚霞景色！

哇，真美啊！

等爸爸回来，就让他以后带我去玩！

爸爸，这个周末我们全家一起去旅游好不好？

不行啊，爸爸这个周末加班，你和朋友一起玩吧。

孩子小·的时候……

海边有个地方特别漂亮，我们一起去怎么样？

不去！

孩子大的时候……

我和朋友在一起打游戏，一起玩才更有意思呢。

只有经济上宽裕了才能出去玩的想法是非常错误的。因为孩子转眼就长大了，在孩子小的时候养成陪他一起玩的习惯后，别说是三、四年级，就是上了初中、高中，孩子还会和爸爸一起玩呢。

## 2. 在孩子的教育上，爸爸和妈妈的职责应当是平等的

在子女教育上，爸爸和妈妈应当职责均衡才行，只有妈妈独自承担的教育是无法保持均衡的，爸爸不单纯是挣钱机器。

### 3. 一个月和孩子出去旅行一次，
###    给孩子留下美好的回忆

把孩子培养成为优秀的人，有两个要领，一个是旅行，一个是读书。

孩子，我们去滑雪！

耶！

老公，等一下！

你没有预约也可以去吗？

就那样去呗，什么预约不预约的……

说去就去！在我的人生中没有预约这两个字。

去的路

看看你，住宿费倒是花了不少，滑雪也没有滑好，又堵车又冷……

爸爸，什么时候能不这样，毫无准备到处跑啊？

让孩子参与定计划、定主题、选择地点的旅行，才最有效果，最能留下美好的回忆。

# 4. 和孩子培养一个共同爱好

家不是因为有漂亮的衣橱、高级的餐桌、大屏幕的壁挂数码电视就幸福,

而是因为家具之间有了空间,才更显得有价值。

爸爸陪孩子玩,就是为彼此营造空间。

你抓我试试~

珍惜这个空间,认定这个空间,就是真正家庭的珍贵。

这个空间也可以是爸爸和孩子共同的爱好。

而这个共同爱好，不要从爸爸的立场出发，而是服从孩子的喜好。

我们再来一次吧！

好啊！

或是每个周末在学校踢足球，或是滑旱冰，或是下棋，或是打棒球，或是骑山地车等，根据家庭的氛围和兴趣来决定父子的爱好。

我穿上了气派的衬衫……

我也留了气派的翘胡子……

今天我们滑到郊外怎么样？

好的，我们比赛看谁滑得快！

加上我一个！

建立符合孩子年龄的共同爱好，借此自然地拓展与孩子沟通的范围，形成感情的共鸣，成为孩子的朋友。

## 5.玩电脑至少达到孩子的水平

喂，你不要再玩电脑了！

天，岂不知越是不让玩越想玩吗？

如果孩子玩游戏上瘾的话，把电脑搬到客厅也是一个办法。

以后！

哼，不让打游戏？

然后和孩子一起打游戏。

我也和你一起玩游戏。

耶～

嘿！孩子给我写了一封电子邮件！

爸爸公司

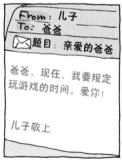

From: 儿子
To: 爸爸

题目：亲爱的爸爸

爸爸，现在，我要规定玩游戏的时间。爱你！

儿子敬上

现在的爸爸生活在上网和下网都要和孩子亲近的时代。

我也爱你，儿子！

爸爸的电脑水平起码也要与孩子的水平相当，一起打游戏，相互给对方写信，只有这样，当孩子有难题或苦恼的时候，才能容易与爸爸坦诚交流。

# 6. 下班以后至少要和孩子玩一分钟的游戏

下班后，看报纸……看电视……看新闻，又看新闻……

老公，和孩子玩一会吧，哪怕一会儿。

就玩一会儿，还能玩什么呢？

第二天：

孩子，今天爸爸说晚点回来……

漠不……关心……

你不想见到爸爸吗？

漠不……关心……

周末：

孩子，来一起玩玩~玩什么呢？

一起看看电视算了……

漠不关心……

那就好吧。

一分钟的游戏，对爸爸来说并不是很难，而且这些小游戏能让父子之间形成彼此的感情共鸣。这样，孩子每天晚上就会期待爸爸回家了。

# 7. 孩子犯了错误的时候，
## 要用理性的方法来解决

只有在不得已的情况下，才动用"爱之杖"。意思就是，打孩子是最后的手段。如果频频动用打的方法，就会破坏家庭和谐，对孩子的将来会产生不好的影响。为了对孩子进行良好的人性教育，为了让孩子成为优秀的人，就要正确地使用"爱之杖"。

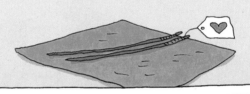

## 前提条件

孩子不是父母的私有物，而是有独立人格的人，特别是，在任何情况下父母都不要动手打孩子。

平时父母要多关心孩子，当孩子有错误的时候，只是为了让孩子自己领悟自己的错误，才使用"爱之杖"。

## 什么时候使用爱之杖？

1. 爱之杖，平时要规定使用的原则，即理由、过程、时间、场合、保管场所等等。
2. 使用爱之杖之前，父母要认真地考虑，慎重行事。
3. 说明为什么要挨打，说明正确的理由，并得到孩子的同意。
4. 打了之后，让孩子一个人呆一会。
5. 将禁止的事项再向孩子说明一次。
6. 在使用爱之杖之后，给孩子重新确立关系的时间。
7. 事情过后，就不要再提及此事。

## 不能使用爱之杖的父母

因为小事动辄打孩子的父母。

最理想的方法，就是平时要有充分的对话，让孩子自己领悟，父母还要自己做好榜样，因为父母是孩子的镜子。

　　有的父母，孩子一犯错误就动手。当孩子犯错误的时候，首先，要正确了解事情的经过，应当认真考虑有没有打孩子的理由。

## 8. 首先要了解孩子现在的
## 苦恼是什么

孩子也有一两个自己的苦恼，虽然孩子的苦恼对爸爸来说不算什么，但是，对于当事者来说却是非常严重的，甚至有时会想出极端的处理方法。

孩子小的时候，依靠父母还容易解决问题，但是到了青春期就不一样了。所以，从小就要养成与孩子一起解决苦恼的习惯，那么到了青春期也不会有什么大的问题了。

有同样苦恼的孩子……

有同样苦恼的孩子……

就看爸爸怎么对待了。

爸爸，我有个苦恼。

你的人生不是靠结果，而是由过程组成的。爸爸应该知道你苦恼的原因是什么，因为你的人生非常可贵，所以爸爸想了解怎样才能有效地解决这个苦恼。

## 我爱你!

　　孩子很多时候因为找不到解决问题的方法而苦恼，爸爸和孩子亲密的话，就会自然而然地找到诱导孩子找出头绪的方法了。

# 9. 应当了解孩子的素质和能力是什么

　　过度的早期教育和家庭教育，反倒很容易埋没孩子的才能，损坏孩子的素质发展，因为每个人都有自己固有的素质和才能，如何了解你的孩子所特有的素质和才能，就是要平时多密切观察孩子的习惯和行为。

## 10. 先要了解孩子具体的梦想到底是什么，之后再精心地引导他

让孩子在每个领域都接触一下，孩子才能逐渐发现适合自己的梦想。爸爸要给予更多的关注，并参与孩子追梦的过程。这样，孩子的梦想会变大，爸爸也能得到更多的喜悦。

## 牵系家庭的缆绳——一分钟游戏

如今，我的女儿已经上初中一年级，儿子上小学三年级了。转眼间，我和孩子一起玩耍着走过了十个春秋。回首过去的十年，我的生活好像没有好爸爸还是坏爸爸这样二元论的苦恼，我常常思考的是如何与我的孩子们进行有意思的玩耍。

从父母的立场上来看，把孩子培养得优秀是一种福分。从孩子的立场上来看，也许遇上好爸爸是大福。从这种意义上来说，我们一家人的十年光阴，实在是太有意思了。

事实上，一分钟的游戏很多爸爸平时都多少做过一些。比如背孩子等，即便是再严肃的爸爸，也都会和孩子玩这些游戏。问题是他们没有将游戏进行到底，到了某个时候，爸爸就把和孩子的游戏断掉了。直至4~6岁时，爸爸还能陪孩子玩耍，等到孩子上小学的时候，就和孩子变得疏远了。当然，有爸爸繁忙和辛苦的原因，但重要的一点是爸爸对于开发新的游戏有些为难，因此也就不想陪孩子玩了。这样一来，以后到了周末，爸爸对孩子不是说"我们买个比萨吃好不好"，就是说"今天晚上我们到外面吃饭吧"。

近来，我的主要话题便是时间。时不待我，我虽常以陪孩子玩得很多而自豪，但我的老大已经初中一年级了，不再是和她一起玩一分钟游戏的年龄了。孩子的成长速度很快，远远超过了父母的想象。将今天的游戏推到明天去玩，那么就不能和孩子度过一段美好的时光，也无法与孩子有亲密的关系。游戏的重要性在于孩子小的时候就陪他们玩。

孩子4~5岁的时候，喜欢"小飞天游戏"。6~7岁喜欢"飞吧！超人"的幻想游戏，在客厅里铺上十层被子，孩子从椅子上往下跳，一会就满头大汗，小脸通红。时间和空间都不存在了，只剩下超人了。8~9岁喜欢"逃脱游戏"，这个游戏让孩子心跳加快。把两个孩子的两手两脚紧紧地抱住之后，一声"开始"令下，孩子们开始拼命从爸爸的身体里挣脱出来。看孩子马上要挣脱出去的时候，就紧紧抓住脚，脚挣脱出去后就紧紧抓住手，这个游戏让孩子饱饱地享受了一把随机应变和紧张刺激。平时没什么事情可做的时候，就经常背背孩子，孩子在爸爸背上的时候，心灵处于解除武装的状态，爸爸问什么问题都会一五一十地回答。所以，这是了解孩子内心活动的最好方法。

整理一分钟游戏的资料，是从2003年初开始的，我创建的家庭勘察聚会"我和爸爸的回忆"的会员多达一千余人，那时我就想把我和孩子愉快玩耍的一分钟游戏介绍给会员。

我确信，与孩子短暂的玩耍是爸爸用亲情这根纽带牵系孩子的好方法。我用了一年时间，将游戏整理了一下，居然有一百多个。而头等功臣就是我的儿子基范，他常常用新的创意触发了我。

一家人的概念到底是什么呢？在同一个屋檐下生活就是一家人了吗？当然也可以这么说，但真正的一家人难道不是彼此理解，相互照顾，同舟共济的人吗？高于50%的离婚率，青少年问题有增无减等社会问题，加倍助长了家庭的瓦解。每个人都为此很忧心，但又很容易将其看成是事不关己的事情。其实，即便是一家人，也会因为一句话而伤害彼此的感情。爸爸下班晚，回家想要休息一会，但三四岁的孩子却抓住爸爸的脚，缠着爸爸陪他玩。这时，如果爸爸一脚甩开孩子，吼出"一边去，爸爸很累"这一句话，就大大伤害了孩子想要和爸爸亲近的心。孩子幼小的时候，爸爸若能从这本书里选出几个游戏，陪孩子玩上短暂的一分钟，爸爸的心因此就会得到安慰，而孩子也会更喜欢爸爸。

一分钟的游戏，是紧紧联系家庭的缆绳，其中融有"趣味"这一道调味剂。它不仅能让孩子高兴，还具有减缓爸爸的疲劳、疏解压力的魔力，而且再忙的爸爸也能抽出这短短的一分钟时间。

会玩一分钟游戏的爸爸，一定能自我树立起爸爸的权威，因为爸爸是孩子的老师和明鉴。

★ 畅销书作者、著名家庭教育专家小巫的最新力作。

★ 本书对中国众多父母教子的问题进行了系统的思考和总结，结合案例理性分析，得出了最适合中国父母亲培养杰出孩子的方法，一看就懂、一学就会、一用就灵。

从某种程度上说，父母的接纳，会奠定孩子一生的幸福！

本书针对家长常犯的急躁、焦虑情绪，结合近几年来家长提问最多的儿童安全感、自主意识、认知模式、社会交往、规则规范以及性意识问题做了详细的论述和劝解。这些系统性综合性较强的接纳思维和接纳方法，与她以往的畅销书所论不同，更适用于广大儿童的家庭教育。

本书的案例来源于生活，通过阅读，可以让父母能更深入地走进孩子的内心，理解他们的想法，更多地站在他们的立场想问题，帮助他们更好地成长。

★ 中国首部幼儿性教育专著。

★ 性关怀是宝宝人生幸福的起点，并非可有可无！

★ 在性教育的问题上，不该让孩子留下童年的遗憾！

"爸爸妈妈，我从哪里来？"

几乎每位家长都会遇到孩子问这样的问题。

然而，受传统观念的影响，我们碰到这类问题时总是欲言又止，不得要领。

确实，儿童性教育是个敏感而又不可回避的话题，它关乎孩子的身心健康与发展，不可掉以轻心。

"我们必须从孩子0岁起，就给予他性方面的关怀与照料。"

这是"中国儿童性教育第一人"胡萍在本书中提倡的儿童性教育原则。

本书还提供了全面系统的性关怀和教育的方法，引领我们科学地解读孩子的性发展，使我们能很恰当地帮助孩子。

告诉孩子真相吧，让孩子了解生命来源的真相，让身为父母的你洞悉孩子的心语，这样，孩子才会懂得珍惜自己的生命，才会懂得父母对自己的爱。

★ 不养书呆子，拒绝啃老族。

★ 关心孩子未来的父母，千万要把握这最关键的56门课，给他们补上人生的作业，使他们迈向积极进取的成功大道。

每个孩子都有这样那样的问题，有些问题老师们能够帮助解决，更多的问题有赖于家长和老师的协作，共同去发现、分析、解决。

李镇西以曾是一位基层老师，现在是一位教育专家的角度，通过许多实例呈现观念，根据中国学校教育的真实状况，准确地建议父母在学校之外怎么帮助孩子，包含：

◎ 如何合理利用时间的成功法则

◎ 教孩子上网的正确攻略

◎ 培养合理竞争的积极意识　　　◎ 学会原谅的处世之道

◎ 乐于分享的待人心态　　　　　◎ 培养永不服输的韧性

◎ ……

希望现代忙碌的家长们能放下偏见，开始关注孩子的课外生活，了解孩子的情况，并和老师不断地沟通。

★ 历练23年见证儿童成长。

★ 著名家庭教育专家、知心姐姐卢勤推荐。

★ 《好妈妈胜过好老师》作者、家庭教育专家尹建莉作序。

★ 继畅销书《谁拿走了孩子的幸福》《谁误解了孩子的行为》后，李跃儿推出的又一力作。

本书献给——

想培养一个阳光宝宝的父母

看不懂孩子为什么越来越不按成人的想法生活和学习的父母

不想让宝贝变成冤家的父母

……

本书是儿童教育专家李跃儿，把西方主流教育思想应用于东方儿童教育的全面总结，是帮助父母从本质上认识自己的孩子，了解孩子成长规律，把握系统爱育方法的通俗读物，与畅销书《谁拿走了孩子的幸福》《谁误解了孩子的行为》一起建构了"李跃儿教育感悟丛书"。

★ 妻子送给丈夫的第一本超量级游戏指南，让父爱也露一手！
★ 156个游戏类别，1700种爸爸戏法，让孩子的大脑动起来！

本书适用于：

◎ 不知如何同孩子玩耍而手足无措的爸爸

◎ 妈妈不在家，不懂如何与孩子单独相处的爸爸

◎ 出差频繁导致无法陪孩子玩游戏的爸爸

◎ 不能定期陪孩子玩的爸爸

◎ 内心暗暗发誓要成为好爸爸的爸爸

◎ ……

　　毫无疑问，没有游戏就没有童年，因为玩游戏最适合儿童的认知方式和娱乐方式，玩游戏的过程就是学习的过程和成长的过程，其意义犹如在孩子的心里埋下创造的种子和幸福的种子。玩游戏是需要伙伴的，对于年幼的孩子来说，父亲是最有魅力的游戏伙伴。然而，与孩子一起玩快乐而睿智的游戏并非易事。这正是著名家庭教育专家孙云晓认为本书有独特的价值所在。

　　韩国玩耍教育专家，韩国官方电视台SBS中《我们的孩子变了》的嘉宾权五珍将自己近十年的游戏经验集中整理，写出了本书。他想要传播这样的一个理念：和孩子一起玩游戏是人生的幸福时刻，它也会为我们今后的人生带来幸福的回报。

　　爸爸和孩子可以按照书中既定的游戏来进行常规阅读，也可以随机根据游戏内容和难易程度自己设计一些探索游戏。我们建议爸爸先通过浏览插图对本书有一个大致了解后，从第一章慢慢读起，并且一边读，一边认真做书中的游戏。

★ 献给中国父母的性家教方案。

★ 别让青春期的性烦恼求助无门!

★ 如果一个注重教育的家庭却羞于进行性教育的话，那么他们的孩子依然难成一个健全的天才。

★ 香港凤凰卫视、中国教育电视台、上海电视台、山东卫视、江苏电视台、辽宁教育电视台等多家媒体争相报道的中国网络性家教第一人林艺，给你一套全新的性关怀的思路和办法。

青春期最苦恼的事情，莫过于求助无门!

"性解放"的最大受害人群，是少男少女，本书十三份真实报告为你呈现触目惊心的事实:

◎ 花季女孩被"网"成了"小三"

◎ 他是如何变成"色狼"的

◎ 女研究生遭遇"艳照门"综合征

◎ 不能再育，20岁女孩该不该打掉第4胎

◎ ……

本书是"中国网络性教育第一人"林艺多年性家教的全面总结。他讲的故事触目惊心，让人心痛、警醒，对广大家长和青少年都有警示作用。他还从中引出了200多条寄语，有人生的道理、做人的道理和自我保护建议，让你在面对这些棘手问题时，如释重负!

◎ 青春期的孩子有性权利吗

◎ 恋爱中如何避免自己在冲动下越轨

◎ 过早的性行为会给女孩带来哪些压力

◎ 使用安全套要注意哪些细节

◎ 少女人流有哪些危害

◎ 怎样帮助出过问题的孩子走出阴影

◎ ……